HEIMITO VON DODERER

Das letzte Abenteuer

EIN RITTER-ROMAN

MIT EINEM AUTOBIOGRAPHISCHEN NACHWORT

HERAUSGEGEBEN VON
WENDELIN SCHMIDT-DENGLER

PHILIPP RECLAM JUN. STUTTGART

Heimito von Doderer
*5. September 1896 – †23. Dezember 1966

Universal-Bibliothek Nr. 7806

Gesamtherstellung: Reclam, Ditzingen. Printed in Germany 2002

ISBN 3-15-007806-7

www.reclam.de

1

Der Morgen, welcher über einem waldigen Sattel aufzog, legte seine wechselnden Farben an den wolkenlosen Himmel glatt und rein wie Lack. Ein stumpfer Felskegel, rechts vom Sonnenaufgange unvermittelt aus den Wäldern starrend, behauchte sich späterhin mit blasser rosiger Fleischfarbe.

Jetzt aber war der Osten noch grünlich, und hier am Waldrande unter den riesenhaften Bäumen lagerte dicht die Dunkelheit. Aus ihr sprang ein Flämmchen, knisterte, wuchs, und nun sah man einen Mann an dem wieder zum Leben erweckten Feuer hantieren. Die Pferde stampften rückwärts. Da jetzt der Kessel hing, von den Flammen umspielt, bewegte sich der Mann mit dunklem, schwankendem Umrisse zum Waldrand und sah nach den Tieren.

Auch sonst wurde es unter den Bäumen lebendig.

Man wickelte sich aus Decken und Pelzen, worin man halbbekleidet gelegen hatte, und sprang auf die Beine. Zunächst Gauvain, des Bannerherrn Ruy de Fanez »Ecuyer« oder Schildknappe. Danach erwachte der zweite von den Roßknechten, aber erst nachdem sein Kamerad ihn gerüttelt hatte. Herrn Ruy ließen sie weiterschlafen, bis zum fertigen Morgenimbiß.

Es gab eine dicke Fleischsuppe, man konnte sie bald riechen, sie wallte und brodelte. Derweil wurden, nach dem Füttern und Tränken, die acht am Waldrand stehenden Rosse für den Aufbruch bereitgemacht, zunächst die drei Tragtiere mit ihren Packsätteln, soweit dies schon möglich war, denn Herr Ruy schlummerte friedlich weiter auf seinen Decken, und Kessel wie Eßzeug wurden jetzt noch gebraucht. Die beiden Knechte sattelten dann langsam auch die anderen Pferde, ohne zunächst die Gurten anzuziehen. Des Herrn »Destrier« oder Schlachtroß blieb jedoch mit Decke und Halfter, wie es war; Herr Ruy ließ dieses schwere Pferd, nach allgemeiner Gepflogenheit, meist ledig gehen auf der Reise und ritt über Land ein anderes, einen kleinen und leichten Braunen. Gauvain schwätzte und murmelte ins Ohr seines Gaules – »Beaujeu« hieß er – während des Sattelns. Der Bube hatte sechzehn Jahre. Die Pferde der beiden Knechte waren ganz schwer, ausdauernd und kaltblütig, ebenso wie die Tragtiere, von denen jedes kaum eines halben Reiters Last auf dem Packsattel hatte, weshalb man sie bei langen Ritten auch als Reitpferde zur Ablösung heranzog, wenn die anderen Tiere zu sehr ermüdeten. An den Sätteln der Knechte und des Buben hingen kurze Bogen in ihren Ledertaschen und daneben der mit Pfeilen gefüllte Köcher.

Während Gauvain und die beiden Burschen sich am nahen Bache – wo sie auch die Tränkeimer gefüllt hatten – wuschen und dabei frisch und munter wurden, kam Herr Ruy endlich in Bewegung und aus den Pelzen. Er richtete sich empor, sah hinüber auf den tintigen Wald und den rosigen Fels, steckte zwei Finger in den Mund und pfiff. Gauvain kam mit den Knechten gelaufen. Zwischen den Stämmen erglühten rötliche Bahnen bis tief in den Wald hinein. Der Sonnenball hatte sich, rein und rund, über den Himmelsrand erhoben.

Eine halbe Stunde später, nachdem die Morgensuppe verzehrt worden und jeder einen Mundvoll Wein aus dem Schlauch bekommen hatte, ritten sie schon in den hier ebenen Forst ein, der sich bald um sie schloß; und damit ließen Herr Ruy und die Seinen, einmal auf dieser waldigen Hochfläche angelangt, des offenen Vorlandes Wiesen und Weiden hinter sich. Es gab hier eine Art Weg zwischen den Stämmen, der sogar breit war, aber nirgends mehr ausgefahren oder ausgetreten schien, weich vom Moose, da und dort mit Gebüsch wieder bewachsen. Voran ging Herrn Ruys Brauner seinen munteren Schritt, dessen Reiter nur das leichte und anschmiegsame Kettenhemd trug, jedoch keinen Helm, sondern den Kopf mit den dicken schwarzen Haaren unbedeckt. Die rote Stechstange, die er auf den rechten Bügel gesetzt hielt, begleitete und übertrieb mit den Bewegungen ihrer Spitze jeden Schritt des Rosses. Links neben dem »Banier« ritt Gauvain, und in einigem Abstande folgten die Knechte, jedoch ohne die Handpferde zu führen, denn diese trotteten gemächlich an langen Leinen hinterdrein.

»Hier also ist der Weg!« rief Gauvain. »Von dem wußtet Ihr schon durch den Spielmann.«

»Ich kann nicht sagen, daß ich was wußte«, antwortete Ruy langsam. »Ich kann nur sagen, daß mir der Spielmann davon erzählt hatte. Aber solche Erzählungen sind allermeist eine windige Wissenschaft.«

»Doch diesmal nicht.«

»Wir wollen zuwarten«, meinte der Spanier. »Aber wenn er sonst ebenso recht behält wie mit dem Wege hier, dann sieht's fein her.«

Die Augen des Buben glänzten dunkler, wie das bei Menschen von starker Vorstellungskraft zu gehen pflegt, wenn ihnen ein Bild lebhaft und erregend vor den inneren Blick tritt.

»Wir werden«, rief er dann, sich im Sattel aufrichtend,

»den Wald durchreiten, sei er so tief er sein mag, und den Wurm schlagen, wenn er auch noch so groß ist und nicht nur sechzig, sondern hundert Pferdelängen mißt, und wir werden so die Bedingung dieser Herzogin erfüllen und nach Montefal kommen, man wird die Trompeten blasen, und Ihr werdet Lidoine zur Gemahlin nehmen. Werdet Ihr sie auch lieben?«

»Wie soll ich denn das wissen?« sagte Ruy lachend und verbarg hinter dem Lachen die unbehagliche Erkenntnis seines völligen Alleinseins neben diesem fröhlich vor sich hin träumenden Kinde; und vielleicht auch des Aberwitzes der nun beginnenden Unternehmung; denn so ganz ungläubig war er nicht in bezug auf des Spielmanns Bericht.

Der Wald glich einer ungeheuren leeren Säulenhalle. Die, trotz der genossenen reichlichen Mahlzeit, doch nüchterne Verfassung des so frühen Morgens ließ Herrn Ruy alles noch deutlicher und klarer empfinden: jeder Hufschlag, das Jauken des Lederzeugs, das Wiehern eines Packpferdes rückwärts, das alles trat einzeln und begrenzt in die umgebende Stille. Kein Wind streifte die Wange. Reglos blieb das Geäst, blieben die langen Bärte von Moos an den hellen Stämmen, von denen Reihe auf Reihe seitwärts in die Augenwinkel trat und nach rückwärts entschwand, dann und wann an einem langen Sonnenstrahle bis in verwobene Waldestiefen hineingereiht und durch ihn verbunden, wie die Saiten einer Harfe von der hervorlaufenden Tonleiter.

Nach vielen Abenteuern eines Herumirrens, das, wie es schien, dem bereits sinkenden Stande noch immer für angemessen gehalten wurde, ritt man hier einer wohl möglich letzten Aventüre entgegen, und keineswegs nur

in dem Sinne, daß dahinter der Tod stehen konnte oder andernfalls bloß die zutiefst ernüchternde Einsicht in die Schwindelhaftigkeit aller jener gehörten Erzählungen: sondern das wirkliche, das große Abenteuer hätte noch immer diesem Umhergeworfensein hintnach seinen Sinn zu geben, ja den Sinn des eigenen Lebens überhaupt erst aufzudecken vermocht. Man war nun ein Mann von vierzig Jahren, und dieses Alter ist ein in gewisser Hinsicht geheimnisvolles, sonderlich wenn einer noch nirgends sich festgelegt, noch nirgends den Kahn endgültig angebunden hat. Man war ein Mann von vierzig Jahren, der selten durch längere Zeit an einem Orte gelebt und also auch kaum Freunde erworben hatte. Das Pferd nickte und schritt, die rote Stechstange zeigte seine Bewegungen an. Man war allein.
Man war allein und man trug eine ausgebreitete Welt in sich: aus Türmchen und Giebelchen der Städte, aus Waldtälern, aus Burgen, die klein und wie ein scharf geschliffener Stein im westlichen Sonnenglast saßen, fern über dem stäubenden Straßenband; eine Welt, in die auch, sie gleichsam anhaltend und beendend, da oder dort, bei erreichter Küste, das blaue Meer eintrat, welches dem Menschen nichts übrigläßt zu tun, als daß sein Auge sich hinausverliere; und viel später erst denkt er dann ein Schiff zu finden. Die Erde im Heiligen Land war gelb, wie auch die Mauern der Städte dort, und in den Gefechten das Kriegsgeschrei des bunten, bräunlichen Feinds so durchdringend, wie man derlei vorher noch nie gehört hatte. Der Hof des Königs jedoch beendete die Welt in ähnlicher Weise wie das Meer und hielt sie an: denn in stillen Räumen gingen die Frauen ganz unter Glas, welches sie dann ganz durchbrachen. Hier

quoll es heut noch wie Rauschgift aus dem Gedächtnisse, von manch einer Schläfe unter der Haube von Spitzen und Gold oder von einem gerafften Kleid. Am tiefsten Grunde dieser Vorratskammern der Vergangenheit aber schimmerte da oder dort ein Punkt, ein Haus etwa, ein vergessenes Zimmer oder eine Landschaft, wo man wohl einst gewesen sein mußte und wohin man sich zugleich doch immerfort bewegte: da gab es saftige Talgründe, von geruhigen Bächen durchzogen, darin sich das Grün des Ufers verdunkelte im Widerspiegeln...

»Was war denn der Spielmann für einer und wie sah er denn aus?« – so ließ sich jetzt Gauvain wieder vernehmen – »das wollt ich Euch schon lange fragen.«

»Der Spielmann ...«, sagte Ruy in seiner langsamen Art und schwieg.

»Ja, der Euch von Montefal erzählte, und der auch das Lied gemacht hat, welches Ihr mich lehrtet.«

»Er war ein bemerkenswerter Mann, auch neben seiner Kunst noch, und sah mit ein wenig schrägen Augen fast drein wie ein Sarazene. Zudem hat er mit dem Bogen vortrefflich umzugehen gewußt.« Und Herr Ruy wies mit einer Bewegung des Kinns auf das an Gauvains Sattel hängende Schießzeug. »Seines Standes war er wohl mit dir gleich, sein Vater dürfte ein ritterlicher Dienstmann gewesen sein. Den Namen hab ich, wie du weißt, seltsamerweise vergessen.«

»Und die Burg Montefal gibt es also wirklich und die Herzogin Lidoine und das ›verschlossene Land‹, wie Ihr sagtet?«

»So heißt es jedoch erst seit einigen Jahren, seit nämlich der Drache hier aus den Wäldern aufgetaucht sein soll. Ja, Herzogtum, Burg und Lidoine gibt es in der Tat,

denn ich habe mit dem Gesandten der Herzogin bei Hof einst persönlich gesprochen. Das steht mir demnach außer Zweifel; zudem weiß es auch sonst jedermann.«
»Ob sie noch lebt?« sagte Gauvain nachdenklich, der nicht nur hinsichtlich des Drachen, sondern, wie es schien, auch in bezug auf Montefal und dessen Herrin allzu gerne versichert gewesen wäre.
»Doch«, sagte Ruy gleichgültig.
»Wie kann man das aber wissen? Woher kann die Kunde kommen, aus dem ›verschlossenen Land‹?«
»Du hast mich mißverstanden, mein guter Bub«, sagte Ruy. »Das Land ist nur verschlossen nach einer Seite, nämlich nach jener hin, von der wir darauf zureiten, durch den Wald und, wie man sagt, vor allem durch den Drachen. Sonst liegt es wohl offen gegen die Welt.«
»Ja, aber, hört, Herr Ruy – dann kann Euch doch jeder zuvorkommen?!« Gauvain hatte sich ganz im Sattel herum und seinem Herren zugewandt.
»Nein, wie es heißt – will Lidoine durchaus nur einem Helden die Hand reichen. Weißt du eigentlich was – ein Held ist, Gauvain?«
»Ja, doch – warum, Herr?«
»Ich hätt' es gern erfahren. – Nun: sie verlor vor mehreren Jahren ihren zweiten Gatten. Dabei ist sie noch jung. Sie verschwor sich, oder sie gelobte – nur einen Mann zu nehmen, der diesen Drachenwald durchschritten hätte.«
»Und der Gesandte damals am Hof des Königs – wußte der nichts vom Drachen?«
»Nein, das konnte er wohl nicht; denn ihn sprach ich noch zu Lebzeiten von Lidoines zweitem Gemahl, und

der Drache tauchte merkwürdigerweise erst auf, als sie schon Witwe geworden war.«
»Ach – und das ist vielleicht gar nicht lange her?«
»Doch. Du siehst es an dem Wege hier, welchen mir der Spielmann so zutreffend beschrieben hat. Einst war das eine befahrene Straße nach Montefal. Heut, seit die Angst vor dem Untier sich verbreitet hat, wächst Moos und Strauch darüber, und ist inzwischen nicht wenig gewachsen, wie du siehst.«
»Dann wäre also des Spielmanns Erzählung von dem Drachen...«, sagte Gauvain, brach ab, und seine Augen verdunkelten sich wieder. »Wann waret Ihr bei Hof und wann sprachet Ihr also mit dem Gesandten der Herzogin?« fügte er nach einer kleinen Weile hinzu.
»Es sind acht Jahre her, seit ich zum letzten Male zu Hof gefahren bin.«
»Acht Jahre!« rief Gauvain. »Ich bin sechzehn. Also mein halbes Leben. Ich war zu jener Zeit noch ein Kind.«
»Das bist du wohl heute noch, Gauvain«, sagte Ruy, »wenn auch zugleich schon ein angehender Rittersmann. Kommen wir schön durch, dann wird man dich auch am Hofe der Herzogin zum Ritter schlagen. Als Gemahl für sie bist du allerdings etwas jung. Immerhin. Ich dagegen habe vierzig Jahre, bin demnach weit mehr als doppelt so lange auf dieser Welt wie du. Als du in Windeln lagst, war ich längst Ritter.«
Gauvain sah seinen Herrn völlig verwirrt an. Erst nach einer Weile kam ihm sozusagen die Luft wieder:
»Zweimal so lange auf der Welt als ich – und mehr noch...«, sagte er, und dann: »Ihr werdet doch die Herzogin heiraten, Herr Ruy?!«

»Das wäre vor allem mit dem Lindwurme abzumachen«, meinte der »Banier« und lachte kurz auf.

Immer gingen die Pferde den gleichen Schritt, dazwischen ward wieder ein kurzes Stück getrabt, und dann bewegte sich wie früher vorne die Spitze der roten Stechstange im langsamen Zeitmaße. Der Weg blieb, wie er war, schweigsam wanderte der Wald vorbei, am dritten und vierten Tag wie am ersten. An kleinen Bächen fehlte es nicht, man hörte sie meist von weither schon in diesen stillen Räumen murmeln. Der Weg stieg flach an, fiel ebenso wieder ab, führte wieder eben hin. Er bog kaum, man sah ihn weit entlang: ein Band von Moos und kurzem Gras, darüber das Band des blauen Himmels zwischen den Wipfeln.
Es öffneten sich lichte Wiesen da und dort, die Stämme traten auseinander, die Weide für die Pferde war gut.
Gauvain hatte vorlängst, des Abends beim Lager am Waldrand schon, eine seltsame Art von Vögeln bemerkt, die nun häufiger zu werden begannen: fette, starke Tiere, wie Kropftauben, jedoch weit größer, und mit mächtig langen, weich herabhängenden lockeren Schwanzfedern geziert, deren Farbe manchmal der des Goldes ganz gleich schien. Sie pflegten zu mehreren nebeneinander auf den unteren Ästen regungslos zu sitzen, waren nicht scheu und erhoben sich auch nicht bei Annäherung der Reiter. Irgendeinen Laut oder Ton, einen Pfiff oder ein Gurren bekam man von ihnen niemals zu hören, sie schienen wie stumm. Herr Ruy forderte einmal, als sie wieder unter solch einer weiß-goldenen Schar, welche auf den Ästen saß, durchritten, einen Pfeil daran zu wenden; denn, so meinte er, vielleicht gäben die fetten

Burschen einen guten Braten. Gauvain nahm aus seinem Köcher kein scharfes Geschoß, sondern eines mit rundem Kopfe, wie man's zur Vogeljagd braucht, spannte, zu Pferde sitzend, geschickt den kurzen Bogen, das untere Horn gegen den Schuh drückend, hob die Waffe, schoß und traf: eines der Tiere fiel, zappelte jedoch nicht mehr, sondern lag durch den Aufprall des Stoßpfeiles allein schon verendet. Ein so wenig zähes Leben dieses großen Tieres schien Herrn Ruy verwunderlich; noch mehr aber, daß die anderen zumeist ruhig auf den Ästen blieben, auch als Gauvain weitere Pfeile schoß, von denen noch zwei ihr Ziel erreichten. Ein Knecht saß ab, brachte die Vögel und suchte die verflogenen Pfeile zusammen. Gauvains Jagdbeute griff sich gleich vielversprechend an, fleischig und stark. Am Feuer wurde abends gebraten. Und von da ab täglich.
Herr Ruy ritt mit dem Buben oft vom Wege, in die Tiefen des Waldes, während die Knechte gemachsam und plaudernd weiterzogen; diese Umritte, welche nach weitem Bogen wieder zur Wegspur führten, zeigten anfänglich den Wald überall fast gleichartig, licht und leer, mit wenig Unterholz. Doch schienen während der letzten Tage die Stämme da und dort näher zusammengerückt, auch sperrten jetzt Jungwald und Dickung häufiger den Durchgang für die Pferde. Der Boden wurde unebener. Bald ging es auf dem Wege lange Strecken bergan.

Und nun dauerte dieser Ritt durch die allseits umschließenden Wälder in den zehnten Tag.
So lange schon wurde jeder Fernblick entbehrt. Man zog wie auf dem Grund eines tiefen Wassers dahin, das unendlich schien wie das Meer, jedoch regungslos wie

ein Felsgebirg. Über den Kronen strahlte der Himmel heiß und blau, kein Zweig bewegte sich, die Sonne griff steil oder schräg durch die Äste, warf ihr Schattenspiel auf den Waldboden, glühte des Abends, emporrückend, an den Stämmen.

Seltene, aber starke Rudel von Rotwild tauchten auf, Gauvain und der eine von den Knechten konnten jeder einen Bock erlegen.

Des Nachts ward die Wache durch das Los ohne Unterscheidung von Herr und Knecht verteilt. Wer an die Reihe kam, saß mit bereiten Waffen beim glimmenden Feuer, den schußfertigen Bogen zur Hand; die anderen schliefen meist tief, durch den Ritt des Tages ermüdet. Die Nächte waren hier tonlos still. Jedes kleinste Geräusch mußte da den Wachenden erregen, wenn er zwei Stunden hindurch in die Dunkelheit gestarrt hatte: eines Vogels seltenes Flattern oder das Fallen eines Zweigleins ließen die Hand nach dem Schwertgriff tasten.

Untertags aber ritten sie, wenn auch gemachsam wegen der langen Fahrt, so doch mit nur geringen Unterbrechungen.

Immer häufiger verließ unterdessen Herr Ruy mit Gauvain zusammen den Weg, tief in die Wälder eindringend; eines Tages sagte er dabei: »Nun bin ich, scheint es, wahrhaft zum irrenden Ritter geworden, denn mir ist, als sollten wir nie mehr aus diesem Wald gelangen und als ritte ich darin ein halbes Jahr.« »Es ist schön hier«, antwortete der Bube. Sie hielten eben vor einer tiefgrünen Dickung aus jungen Bäumen und Sträuchern, den Weg für weiteres Vorwärtskommen suchend. Als sie das Hindernis umritten hatten, öffnete sich vor ihnen eine

längst ungewohnte Weite: es war der Spiegel eines schmalen, langgezogenen Sees, der hier hinausfloh, sich allmählich verbreiternd, die geschlossenen Wälder solchermaßen aufspaltend. Die Bäume am anderen Ende sahen ganz klein aus. Wie ein graugrünes Band grenzte ringsum das Schilf ans offene Wasser.
»Sieh!« rief Ruy heftig und wies in die Höhe über dem anderen Ende des Sees.
Dort erhob sich der Wald in einer Lehne, die nach obenzu steiler ward und den Anfang einer Kette von Erhebungen zu bilden schien. Weiter rückwärts sah man die Bäume am Kamme einander übersteigend emporwandern. Es war dunkler Nadelwald. Aus ihm stieß da und dort auch unbewachsener Fels.
»Endlich werden wir sehen, werden wir Ausblick haben, endlich steigen wir aus der Tiefe!« rief Gauvain. Das Drückende dieser letzten Tage, bisher verheimlicht und niedergehalten, befreite sich nun bei ihm ganz ebenso wie bei seinem Herrn. Sie wandten die Pferde, ritten eilig zurück zum Wege, um den Marsch gegen die Höhen zu beschleunigen: auch die Knechte zeigten sich durch die Nachricht belebt. Man setzte die Pferde sogleich in frischen Trab.
Des Abends lagerten sie schon am Beginn der ersten Hügel, im ansteigenden Nadelwald. Herr Ruy rieb sich die Hände am Feuer. Sein Wesen schien verändert und erregt.
»Von dem See«, sagte er plötzlich zu Gauvain, »hat mir gleichfalls der Spielmann erzählt. Deshalb ritt ich in den letzten Tagen so viel durch den dicken Wald und abseits, um diesen See nicht zu verfehlen, denn unser Weg führte anderwärts. Das wußte ich. Ich wußte auch

von den Höhen und den Felszähnen, die wir gesehen haben.«
Gauvain schwieg. Sein Herr wurde gesprächig.
»Er scheint nicht geflunkert zu haben, dieser Seltsame«, sagte er. Und dann erzählte er plötzlich vielerlei von dem Spielmann, worauf er sich jetzt erst besser zu besinnen schien. So etwa, daß jener einen Pfeilköcher geführt habe, mit zahlreichen Bildern geschmückt, von denen jedes ein gehabtes Abenteuer sehr kunstvoll darstellte. Die innere Seite seines Bogens aber sei mit geheimen Zeichen bedeckt gewesen, jegliches so inhaltsreich an Bedeutung wie ein ganzes Buch, und zusammengenommen hätten sie eine richtige Wissenschaft ergeben.
Und damit verstummte Herr Ruy und trat ein wenig abseits des Feuers in den tiefen weichen Schatten zwischen den Stämmen.
»Singt uns was, Herr Gauvain«, bat einer von den Knechten.
»Ja!« rief Herr Ruy von rückwärts, »sing, Gauvain! Sing das Lied des Spielmanns!« Seine Augen leuchteten plötzlich rund und schwarz im Schein der Flammen.
Der Bube zog die Laute aus dem Sack, stimmte, spielte und sang:

Es zieht die Ferne,
es glüht die Nähe,
wie Edelstein schimmert des Waldes Grund.

Leicht sitzt die Klinge,
die sausende – singe, o Leben,
dein Summlied mir, o Geheimnis,
küsse im tiefen Wald meinen Mund.

Die frohen Fernen, härtere Herbste,
weitere Bahnen, des Mannes Leid;
gestreut im Lande, am Straßenbande,
die Burgen, die Dörfer weit.

Und Gefechte und Fahrten
und frohes Erwarten der hellen Trompeten
des Morgens frühe –
Leicht geht die Hand, und nichts wird mir Mühe –
o gestreut im Lande, am Straßenbande,
die Hügel, die Wälder weit!

Die letzte Strophe sang Herr Ruy mit.
Unmittelbar auf das geendete Lied antwortete ein Ton von weither aus der Ferne der Wälder. Es war ein tiefes Brummen, als zittere und schwinge der Boden.
Gauvain sprang auf die Beine.
Die beiden Knechte saßen regungslos. Auf ihren erbleichten Gesichtern schwankte der Flammenschein.
Endlich ermannte sich der eine und sagte:
»Das klang ja fast wie Herrn Rolands Horn zu Ronceval!«
Alle schwiegen.
»O Spielmann!« flüsterte Herr Ruy heftig für sich.

In dieser Nacht schlief niemand ganz geruhig, und wer die Wache hielt, konnte immer eine flüsternde Ansprache finden.
Man brach früh auf. Der Weg, hier schon teilweis mit braunen Nadeln federnd bedeckt, zog sich die Höhen entlang und mäßig bergan. Ruy und Gauvain, begierig nach einem Ausblicke, ließen die Knechte dahinten, und

als sie den Weg seine Richtung beibehalten sahen, schlugen sie sich nach links in den zunächst noch flach ansteigenden Wald. Hier mischten sich wieder Laub- und Nagelgehölz, was den Boden zwar weniger glatt machte, jedoch durch Dickungen das Fortkommen erschwerte. Herrn Ruys »Destrier« – diesen ritt er jetzt, und in vollen Waffen – schritt gemachsam und trittsicher, auch als der Anstieg steiler wurde, und ebenso geschickt hielt sich »Beaujeu«.
Gleichwohl waren die beiden Reiter nach einiger Zeit gezwungen, abzusitzen und die Pferde am Zügel zu führen: denn der Hang wurde jäh. Zwischen den Bäumen zeigten sich oberhalb bemooste Felsen, Schutt und einzelne Blöcke.
Hier nun öffnete sich ein Riß, der flach emporführte, entlang einer vorhängenden und gewundenen Felswand von geringer Höhe, über deren Kante die Wurzeln der obenstehenden Bäume zum Teil ins Leere griffen, gekrümmt wie herabkriechende Schlangen. Kraut und Gras, Blumen und Farne wuchsen überall auf des Gesteins Stufen und aus dessen Löchern. Ruy und Gauvain drangen langsam vorwärts in dieser ausgewaschenen Rinne zwischen dem Fels auf der einen, der steilen Böschung von schwarzer Erde auf der anderen Seite. Jeder zog sein Pferd am Zügel hinter sich her. Die Hitze stand gesammelt in dem Graben, der Staub vom herabgestürzten Kalkgestein unter dem Fels hob sich bei jedem Schritt, und in der dicken und dichten Stille hier klang das Scharren von Fuß oder Huf seltsam gepreßt. Indem hatte plötzlich die Rinne ein Ende. Der Blick wurde frei auf eine baumlose Kuppe, mit kurzem Almgras bestanden. Ruy und Gauvain saßen wieder auf und durchritten

schnell das letzte sanft geneigte Stück bis zu dem schon beinahe ebenen Gipfel.
Von hier war der Ausblick in der Tat ein vollkommener.
So weit nur das Auge gehen mochte, wanderten die Hügel, unter dunklen Wogen des Nadelwalds, der wie Moos über ferne Kuppen zog, oder von dem helleren graugrünen Schaum der Laubwälder bedeckt. Und, sonderlich dort rückwärts, woher man gekommen war und wo das Meer der Baumkronen flach hinwegfloh bis an den Himmelsrand, schien alles in lichterer Farbe zu ruhen. Gegenüber aber, am Beginn des Gebirgszuges, stand da und dort ein vereinzelter Felskegel nackt über die Bäume hinaus, starrte ein Zahn, zog sich ein langer Zackenkamm über den nächsten Gipfel. Hier sah man die Tannen auf waldigen Graten emporwandern, einzelweis einander übersteigend, und hinter ihr dunkles Geäst legte sich die Ferne eines blassen Himmels, der schon den hintersten Bergen angehörte.
Die beiden Reiter hielten schweigend auf der Kuppe.
Sie konnten rechts unten den ansteigenden Strich des Weges durch die Wälder ausnehmen, viel näher ihnen, als sie vermutet hätten; und nun sahen sie auch, daß der Gipfel, auf welchem sie da hielten, wahrhaft bequemer wäre zu erreichen gewesen. Denn um von hier nach vorwärts wieder auf den Weg zu kommen, der ja inzwischen auch an Höhe gewann, dazu mußte lediglich eine flache Senkung mit lichter stehenden Bäumen bergab durchquert werden.
Eben begannen sie von diesen Beobachtungen zu sprechen, dazwischen wieder den Blick da oder dort in die Fernsicht lehnend, als Herr Ruy mit kurzem Rufe den

Arm hob, auf den Felskamm über dem nächsten Gipfel weisend.
Ein Teil dieser grauen Zacken bewegte sich, wenn man genauer hinsah.
Unter dem Blau des Himmels hier, in dieser lichten und dichten Stille, setzten für einen Augenblick Herzschlag und Atem aus.
Unterdessen hatte sich ein Teil des Grates drüben noch mehr verschoben, und nun freilich konnte man's schon trennen: was nämlich dort Fels war und was einem lebenden Wesen angehörte.
Gleich wurde solches noch deutlicher: eine Rundung erhob sich über dem Stein, die seinen schrofigen Formen fremd war – nun schon ein Bogen, der unter sich durchsehen ließ: und dann wuchs der wohl fünfzig Fuß lange Schlangenhals des Tieres über dem Berg, langsam vor dem blauen Himmel pendelnd, mit Windungen und Drehungen gleichsam in den Lüften tastend, plötzlich jedoch wieder eingezogen. Jetzt kam dort, auf oder hinter dem Felskamme, ein Langgestrecktes in Bewegung. Denn von überall her kollerten die Steine in den Wald hinab, schlugen schallend auf den schon unten liegenden Schotter, polterten dann und wann dumpf gegen die Bäume, welche zwei Arten ihres Aufschlags deutlich genug zu unterscheiden waren. Indessen, wie wenn eine Schlange ins Gras kriecht, begannen nunmehr rechts vor dem Felskamm die Wipfel zu zucken, zu zittern und endlich heftig zu schwanken, und in dem Augenblicke, als auch schon das Knacken und Brechen einzelner Stämme deutlich vernehmbar wurde, sahen Herr Ruy und Gauvain zum ersten Male den langen Rücken des Wurms mit seinem riesenhaften Zacken-

kamm hoch wie ein Kirchendach zwischen den Baumkronen dahinwandern.
Längst waren die Pferde unruhig geworden.
»Zum Weg!« rief Ruy und gab seinem Tier die Schenkel.
Sie ritten, so schnell es gehen mochte, über den Almboden und hinab durch den Wald. Am Wege mit den schnaubenden und tänzelnden Rossen endlich angelangt, sahen sie weit unten die Knechte und Tragtiere herankommen. Um diese sich zu bekümmern blieb keine Zeit. Schon hörte man von links, von der Höhe her, den Wald wie sturmgepeitscht aufrauschen, schon klang hell und dumpf das Splittern, Brechen und Fallen einzelner Stämme.
»Beaujeu« und der »Destrier« standen steil auf der Hinterhand.
Herr Ruy glitt rasch aus dem Sattel. »Hierbleiben und die Pferde halten!« herrschte er Gauvain an, der eine Bewegung machte, wie um seinem Herrn zu folgen.
Der Lärm kam näher. Ruy stieß die Stechstange in den Waldboden. Noch einmal wandte er sich um, sah den Buben mit den tobenden Pferden kämpfen. Dann riß er das blanke Schwert heraus und rannte den Weg entlang.
Er rannte – dies war die einzige Möglichkeit, sich selbst blindlings dem entgegenzutreiben, was jetzt von links vorne, den Hang herab, mit Krachen und Rauschen auf diesen Weg herunterkam. Er rannte über den glatten braunen Boden und sah dabei jede einzelne Nadel. Noch zog sich die Wegschneise leer in den Wald.
Doch fielen jetzt, etwa hundert Schritte vor Ruy, erst zwei und dann mehrere stürzende Tannen querüber. Sie

fielen langsam, prellten dumpf mit dem erschütterten Wipfel auf und blieben still.
Wie spitze scharfe Kristalle erhoben sich in Ruy während des Laufens – und zu seiner eigenen Verwunderung – Hohn, Geringschätzung, ja Verachtung gegen jene unbekannte Frau, die sich selbst in ihrer Torheit solcher Proben für wert hielt. Denn dort links vorn im Walde schien sich ja ein Berg zu versetzen!
Viel früher, und ihm viel näher, als Ruy von ungefähr erwartet hatte, war der Berg auch hierher auf den Weg versetzt, diesen versperrend.
Braun und faltig ragte das, von einem violenfarbenen Horne gekrönt, wohl in Manneshöhe.
Und Ruy hielt an. Nicht mehr als drei Schritte vor dem mächtigen Haupt des Wurmes, das auf dem Wege lag, während der endlose Hals sich zur Seite in den Wald bog. Des Tieres Augen waren jetzt geschlossen, lagen unter mächtigen Panzerdeckeln, so wie alles hier schwer und tief in Panzern lag, in Falten, Kämmen, Buckeln und in Rillen, worein man schon einen Arm hätte verbergen können.
Und wogegen ein langes Schwert zum kleinen Stichel wurde, gerade gut, die Faust um seinen Griff zu krampfen.
Dies erkennend, sah Ruy zugleich in seinem Inneren eine weite und lichte Leere, wie jemand, der ein Haus noch nicht lange bewohnt und eines Tages darin neue, bisher nicht bemerkte und betretene Räume entdeckt.
Er fiel und flog mit großer Schnelligkeit durch diese ungekannten und ungenutzten Kammern seiner Seele, und während solchen immer rascheren Dahinsausens – welches ihn geradezu ein Aufprellen fürchten ließ –

erkannte er, daß dort, wo jetzt nichts war, die Todesangst hätte wohnen sollen. Er aber ruhte völlig, in dieser Lage hier, vor dem braunen Gebirg mit dem großen violenfarbenen Zacken stehend, und wartete, wie hinter ihm, etwa zwischen den Schulterblättern, all sein Leben, wo und wie immer gelebt, als ein kleines Gepäck sich versammelte, das er bald über den Rücken konnte abrollen lassen. Er wartete darauf.
Und überdies: statt in seinem Fluge aufzuprellen, bot sich dieser Bewegung jetzt in räumiger Tiefe eine neue Bahn.
Es waren die Augen des Wurms. Sie hatten sich groß geöffnet.
Wie zwei kleine Waldtümpel lagen sie vor Ruy, deren brauner, mooriger Grund, durch die Sonne herauftretend, doch die ganze schwindelnde Tiefe des Himmels weist, die er spiegelt. So tief führten diese Augen hinein, und wie durch Wälder, welche nicht in Tagen, Wochen oder Monaten, sondern in ganzen Jahrtausenden nur zu durchreiten waren. Sie umschlossen, wie der Wald von Montefal hier dieses eine Abenteuer, so alle auf Erden möglichen Abenteuer überhaupt, somit das ganze Leben, das in solchen Wäldern tief befangen blieb und in ihnen stand, wie der Traum in einem schlafenden Leibe: ein schwerer und süßer Traum, von Burgen und Dörfern, Gefechten und Fahrten, von der stäubenden Länge des Straßenbands auf Reisen, von einer Schläfe unter dem Häubchen von Spitzen und Gold, von dem im heftigsten Grün schimmernden besonnten Waldesgrund, und auch vom blauen Meere. Aber hindurch zog Herr Ruy durch solchen goldig-braunen Gang, der sich erweiterte und grün gesprenkelt war, mit vielen Einzelheiten: jenes

Fleckchen wies eine ganze Landschaft, mit der leeren, großen, öden Mühle in einem sanften Talgrunde, drin das Gras hoch und saftig stand am schlierenden und fließenden Spiegel des langsamen Baches, dessen Grund braun herauftrat bei einfallender Sonne ... Hindurch zog Herr Ruy, und er stieß für eines Atemzugs Länge auch aus diesem allergrößten Walde hervor und hinaus und wandte sich um und sah den »Banier« Ruy de Fanez darin reiten und mit seinem Knappen auf der von dünnem Almgras bewachsenen Kuppe haltend oder hier vor des Wurmes Haupt stehen: und jetzt war Herr Ruy ganz leicht imstande, mit seinem starken, bannenden Blicke alles, was dieser in Silber und Eisen schimmernde Mann, welcher da vor dem Drachen träumte, je erlebt haben mochte, alles zwischen dessen Schulterblättern als ein kleines Bündel zu versammeln: und – siehe da! – er befand es als leicht.

Dem Drachen seinerseits aber schien dieser eiserne Mann, der nur nach Stahl, Silber und Leder roch, wenig Freßlust zu machen. Vielleicht war er auch satt.

Jedoch die fest in die seinen stechenden Augen des winzigen Wesens bereiteten ihm wohl Unbehagen.

Er zog den Kopf um zwei oder drei Fuß zurück.

Herr Ruy aber, der glaubte, das Tier würde nun nach Schlangenart zustoßen, fiel aus all seinen versammelten Gesichten in die eigene rechte Faust, das Schwert blitzte auf, fuhr hoch, und im Vorspringen schlug er zu: wobei die Klinge, aufschmetternd, einen blechernen Ton gab, als hätte man mit ihr blindlings in einem Schotterhaufen oder in der Werkstatt eines Klempners herumgehauen; und dieses Geräusch verriet ihre Wirkungslosigkeit und Ohnmacht nur allzusehr. Jedoch flog etwas durch die

Luft und seitwärts des Wegs ins Gebüsch: es war die Spitze von dem violenfarbenen Horne, welches der Drache auf dem Scheitel trug.
Dieser selbst aber schien zum Spielen nicht aufgelegt oder allzusehr verdutzt zu sein. Denn er wandte das riesige Haupt nach rechts vom Wege, und gleich danach zog das ganze Gebirg seines Leibes, vom langen Halse zum dachhohen gezackten Scheitelgrat des Rückenkammes anwachsend und mit der Endlosigkeit des Zagels auslaufend, an Ruy, der zurücksprang, vorbei, in einer einzigen schleifenden Windung, die, in Ansehung der Masse und Größe des Tiers, von vollendeter Anmut genannt werden mußte. Und schon brauste es splitternd und krachend durch den Wald nach rechts bergab und davon, eine verwüstete Schneise hinter sich lassend, mit einer Schnelligkeit, der man kaum zu Roß hätte folgen können.
Herr Ruy stand und betrachtete sein Schwert, das zwei Scharten zeigte. Der rechte Arm war noch steif vom Aufprellen.
Er stand lange. Hinter ihm klirrte es. Er drehte sich herum, sah seinen Knappen Gauvain, dessen Antlitz entsetzlich bleich war vor der braungrünen Tiefe des Waldes, sah die Knechte, die scheu abseits standen und ihren Herrn betrachteten wie ein übermächtiges Wesen, sah die Reitpferde, die Tragtiere. Gauvain kniete vor ihm und küßte die Hand, welche das Schwert hielt, Ruy fuhr ihm mit der Linken durch das Haar. Er brachte das Schwert ungelenk in die Scheide.
»Ihr seid der größte Held aller Zeiten!« rief Gauvain, noch immer kniend. »Ihr schlugt den Drachen vor unseren Augen in die Flucht . . .«

Ruy trat zu dem »Destrier« und klopfte dessen Hals. »Wir reiten ... und dann lagern wir bald«, sagte er endlich. «Dorthin...!« Er wies die Richtung, aus der sie gekommen waren.
Gauvain starrte ihn betroffen an. »Montefal... die Herzogin ... und vielleicht hat der Wald dort hinaus früher ein Ende! Anders müßten wir ja an drei Wochen reiten...«, brachte er schüchtern hervor.
»Meinetwegen«, antwortete Ruy. »Nun denn, aufgesessen, nach Montefal!« Sie ritten im Trabe davon, trotz der Steigung des Wegs, welche hier für ein Stück noch anhielt.

2

Acht Tage etwa nach der Begegnung mit dem Herrn und Mittelpunkt der Wälder schlugen sie das Lager auf einem flachen, nur mit wenigem Busche bestandenen Hügel. Und am nächsten Morgen, nach kaum halbstündigem Ritte, begannen die Stämme immer weiter auseinanderzutreten, als wichen sie vor dem Druck der heranströmenden offenen Fernen: des Waldes Ende wurde unzweifelhaft. Ruy schickte einen Späher zu Fuß, und dieser kam bald gelaufen und berichtete vom weiten Land, in das man hinab und hinaus sähe, von Dörfern, Straßen und Kirchen, sonderlich aber von einer vieltürmigen und vieltorigen Burg, die dort im Tale liege.
»Es ist Montefal«, sagte Ruy.
So ließ er denn jenes dreieckige Fähnlein, das ihm, als freiem Herren, gebührte, oben an die Stechstange setzen, nahm den Schild mit dem grüngoldenen Querband, welcher bisher rückwärts auf einem Packsattel gelegen, an

den linken Arm und den Helm aufs Haupt und schlüpfte in die schweren Handschuhe. Der »Destrier« war indessen bereitgemacht worden wie zum Turnieren. Nun schwang sich Ruy hinauf. Die beiden Knechte hatten jeder aus dem Gepäcke ein silbernes Jagdhorn hervorgezogen: das hielten sie in die Hüfte gestemmt, so fröhlich und selbstbewußt zu Pferde sitzend wie seit langem nicht.
Und Gauvain trug jetzt sein Bestes, ein anliegendes ledernes Wämslein und Beinkleid in seines Herrn Farben.
Dann ging's im Trabe und endlich im Galopp zwischen den Bäumen hervor.
Als sie nun draußen auf einer sanften Wiese hielten, als ihnen noch die neue Weite mit Einzelnem und mit Verschwommenem, mit scharf zu Sehendem und mit Dunstigem wie ein ungeheurer, grünblauer Bausch vor dem Gesichte lag – da schmetterte hinter ihnen, dreimal von den Knechten geblasen, die Fanfare der freien Herren von Fanez, welche derberen Vorfahren einst zu so manchem Jagdvergnügen erklungen war.
Fern, ja wie aus dem weitgespannten Sommerhimmel selbst kommend, antworteten nach wenigen Augenblikken bereits von den Zinnen der Burg unten im Tale viele und bald schärfer vernehmliche Rufe: die Trompeten von Montefal.

Es vergingen diese nächsten Wochen wie kurze Tage. Sie standen ein Weilchen nur still über dem dunstigen Himmelsrande – darein die Konturen einer, wie es schien, größeren Stadt schnitten, und Dörfer daneben, und dann wieder eine Burg – und schon war neuerlich eine von

diesen Wochen herumgeschwungen bis zum sonntäglichen Hochamt in der Burgkapelle von Montefal, die schon eher eine große Kirche zu nennen war oder fast ein Dom und sich doch in der Weitläufigkeit dieses herzoglichen Sitzes verlor, darin mit ihrem dunkleren Gemäuer als ein einzelner Ton verschwindend, zwischen so vielen goldenen Dächern und Türmen aus weißem und hellgelbem Stein. Dazwischen gab es auch Kuppeln blau wie ein Blitz. Und Gärten und hängende Gärten auf diesem weitgedehnten Burghügel, schmale Gärten, die auf und ab an den hohen Außenmauern liefen, mit Treppen und Trepplein verbunden, in Erkerchen führend, verschlossen in Gängen, die innen mit blauer Lasur ausgelegt waren: und nun plötzlich fiel durch maurische Bogen der Blick hinaus, wenn man gerade um eine Ecke getreten war, überrascht von der schwindelnden Höhe, in welcher man stand, so daß Straße, Wall und Graben dort unten klein schienen. Unmerklich leiteten diese gewundenen Garten- und Bogenwege überallhin, bis auf die höchste Höhe des Schlosses, doch glaubte man kaum gestiegen zu sein.
Befangen war das Leben in dieser Wirrnis, die immer wieder neue und ungekannte Blumentiefen in den Gärten und bisher nie betretene, halbdunkle oder von Sonnenbändern durchwebte Riesenräume zeigte.

Es vergingen diese Wochen wie kurze Tage, aber zugleich war es, als fließe die Zeit überhaupt nicht mehr, und alles, was geschah, blieb auch weiter ganz gegenwärtig und in der stehenden Zeit hängen wie Rauch in regloser Abendluft oder die Wolken eines Sommerhimmels bei völliger Windstille: noch hörte Herr Ruy den

Hufdonner auf der Zugbrücke unter sich beim Einreiten, über sich das Geschmetter der Trompeten im Torturm, sah auf dem weiten Hofe drüben die Treppen des Palastes sich absenken mit der angehaltenen Bewegung des wogenden Gefolges, dem sanften fettigen Glänzen vielen Brokates, dem silbernen Schein von Rüstungen, der schlanken zierlichen Frau mit dem tiefdunklen Haar inmitten, von der alle Abstand hielten, als stünde eine Gefahr um sie: nur er sprang vom Pferde und ging ihr geradewegs über die Treppen entgegen und stieg empor, und dem Klirren seiner Waffen war sie zwei Stufen herab sehr huldreich entgegengekommen. Auch sich selbst hörte er noch erzählen, wie sie es verlangt hatte, bei ihr sitzend in dem etwas kahlen Saal von Weiß und Silber; und die eigene Stimme hatte ihm sehr nüchtern geklungen, was der Art seines Berichtens allerdings durchaus entsprach.

»Ihr habt also den Drachen laufen lassen«, sagte sie, und dann: »Wo habt Ihr jenes violenfarbene Horn?«

Als er ihr antwortete, es liege wohl noch im Gebüsch seitwärts des Weges, fühlte er zugleich ihren Blick wie eine Herausforderung.

Und all das konnte so gut heute oder gestern oder vor Monatsfrist gewesen sein. –

Ruy sah die Herzogin täglich, und zwei- oder dreimal wartete Gauvain bei ihr auf. Sie erlernte von dem »Ecuyer«, dessen Ritterschlag bevorstand, das Lautenspiel.

»Euer Bube«, sagte sie einmal zu Ruy, »erzählt das Abenteuer mit dem Wurme so lebhaft, daß man vermeinen könnte, dabeigewesen zu sein. Er liebt Euch grenzenlos und verehrt Euch als einen Helden.«

Im Dom, wo Gauvain die Waffenwacht gehalten hatte in der Nacht vor seinem Ritterschlage, donnerte die Orgel beim hohen Amt, und das Licht fiel von oben und seitwärts in steilen Kegeln und Bündeln durch den bläulich aufdampfenden Weihrauch. Lidoines Marschall vollzog die Zeremonie, und zwar mit Ruys Schwert: darum hatte Gauvain gebeten. Dann erhielt er von seinem gewesenen Herrn die Waffe zum Geschenk, welche noch die zwei Scharten wies, wie sie beim Schlag auf das Drachenhaupt ausgesprungen waren.

Und Herr Ruy hatte von da ab einen anderen Knappen. Dieser war der Sohn eines englischen Grafen, ein sehr kluges Kind, durchscheinend weiß von Haut und rötlich von Haar. Mit ihm spielte er Schach, auf einem Ruhebett liegend, draußen in den einander übersteigenden Gärten und Bogenwegen vor den Gemächern, die ihm zugewiesen waren, hoch über den hohen Mauern und über dem Land. Dann und wann hielt Ruy einen Bauern oder einen Turm lange zwischen den Fingern, jedoch sah er nicht auf das Brett, sondern an den Himmelsrand, in welchen dort drüben die Umrisse einer, wie es schien, größeren Stadt schnitten, und Dörfer daneben, und wieder eine Burg.

Der kleine Graf aber ließ sich nichts anmerken und war niemals verwundert, sondern nur mit dem Brettspiel beschäftigt.

Eines Abends sandte er den Buben um Wein. Als dann das Gefaß neben dem Schachbrett niedergesetzt wurde, sah er auf und fand Gauvain vor sich stehen, der dem kleinen Engländer draußen begegnet war und ihm den Krug abgenommen hatte, um so seinem gewesenen Herrn noch einmal zu dienen. Hier stand also der junge

Ritter, nun schon in den Farben seines eigenen Hauses, im langen Mantel, der rückwärts von den Schultern floß; und das Zeichen seiner Würde, der breite weiße Gurt von Hirschleder über dem Rock, trug Herrn Ruys einstmaliges Schwert.
»Das ist eine Freude, mein Freund. Setzt Euch«, sagte Ruy und erhob sich.
Der »Ecuyer« war leise hinter Gauvain eingetreten und schenkte nun den Herren die Becher voll.
Von der weiten Aussicht konnte man fast nichts sehen. Alles verschwand im Gold schrägster Sonne, welches schon rötlich erglühte und das Grün der Pflanzen, die Farben der Blumen, die hier in dicken Gewinden an den Mauern kletterten, heftig aufleuchten ließ.
»Man lebt wie verzaubert hier«, sagte Gauvain und sah in das verwobene Sonnengold hinaus.
»Ich kann verstehen, daß Euch so zu Mut ist«, antwortete Ruy, ohne den Blick zu heben.
»Und Ihr?« fragte der Jüngling, durch den Ton in Ruys Antwort betroffen.
»Ich bin nicht verzaubert und werde es, wie ich sehe, auch schwerlich mehr sein.«
»Es sind hier bei Hof nicht wenige Herren«, brachte Gauvain nach einer Weile vor, »die es für eine große Ehre ansehen würden, wenn Ihr sie mit Eurer zu erwartenden Werbung bei der Herzogin betrauen möchtet.«
»Man erwartet dies wohl mit einiger Ungeduld?«
»Es scheint fast so.«
»Und mit Befremden über die vergehende Zeit?«
»Auch so.«
»Ich sah sie im Auge des Drachen ...«, sagte Ruy plötzlich, und in das noch offene Erstaunen Gauvains

hinein sprach er jetzt rasch weiter, indem er für einige Augenblicke auf dem Ruhebette Platz nahm, um dann wieder aufzustehen und gleichsam in den Abend hinauszureden ... »Ich sah sie dort, Lidoine, wie eben alles, was mein Leben enthält, dicht gedrängt und, wie es scheint, das Zukünftige ganz ebenso wie Vergangenes. Für mich stand ihre Gestalt auf der Treppe, als wir einritten, ganz für sich da, klein, schmal, dunkel, von keinem durchleuchteten Rand des Neuen umgeben oder wie aus einer anders geformten Welt sich absetzend. Montefal ist mir kein Abenteuer, aber auch kein Ziel mehr gewesen, das wußte ich hier gleich, noch bevor ich aus dem zweiten Bügel gestiegen war. Hier ist alles Licht dünn und klar. Das dort übrigens, jetzt aus der Abendglut hervorstechend, sind die Umrisse einer, wie es scheint, größeren Stadt ... Verwundert Euch nicht, Herr Gauvain, aber ich sehe deutlich und viel einzelnes, und auch aus dieser Burg ein Stück hinaus, wo mich angeht, was den Himmelsrand schneidet. Aber es lockt mich nicht mehr. Das ist der Unterschied: gegen mein früheres Leben und auch gegen Eueres, wie es nämlich jetzt ist. Ihr könnt nach einer Frau Sehnsucht haben oder nach draußen, und auch beides zugleich ist nicht unmöglich, denn jener durchleuchtete Rand, von welchem ich früher sprach, kann um Länder ebensogut sein wie um einen einzelnen Menschen, ja er umgibt zuweilen auch das oder jenes Ding oder eine langvergessene Örtlichkeit ...«

Gauvains Augen waren dunkler geworden; und die Spannung in seinem Antlitze schien über die Anteilnahme am Freunde hinauszugehen.

»Wir kommen spät zu dem, was unser Leben ausmacht

und immer ausmachte«, setzte Ruy fort, »zu der Mitte also. Ich sehe deutlicher, seit ich dem Drachen begegnet bin, einen grünen, saftigen Talgrund, von Bächen durchzogen, darin sich des Ufers Grün verdunkelt und vertieft, um einen Ton näher dem Schwarz und dem Braun vom Grunde des Wassers, welcher durch die Sonne herauftritt. Das Gras ist hoch. Es gibt Mühlen. Eine davon ist ... öde und verbrannt.«

Sie schwiegen beide. Die Sonne rückte bereits hinter die Zinnen und Kirchturmnadeln der Stadt am Himmelsrande.

Ruy trat rasch auf Gauvain zu und nahm ihn an den Schultern:

»Du trägst den weißen Gürtel schon«, sagte er lächelnd, »jedoch du liebst wie ein Page. Ich aber werde reiten.«

Noch standen sie so, und Gauvain hatte die Hand auf seines einstmaligen Herrn Arm gelegt, als über ihnen, von den Türmen her, ein rechtes Ungewitter aus den Trompeten brach und, während die Burg allenthalben mit merklicher Bewegung sich erfüllte, unaufhörlich und atemlos schmetternd als ein Katarakt über sie herein und ins Gehör stürzte.

3

An derselben Stelle, wo vor vielen Wochen der Wald Herrn Ruy und die Seinen entlassen hatte, waren neuerlich Reiter aufgetaucht.

Das Abenteuer, welches nach Montefal führte, schien in ritterlichen Brauch gekommen.

Diesmal war es ein Deutscher, Herr Gamuret der Fronauer genannt.

Auch er mußte seine Fahrt und die Begegnung mit dem Wurme berichten, bei der Herzogin sitzend, in dem etwas kahlen Saal von Weiß und Silber. Ruy und Gauvain waren hinzugezogen worden. Der Fronauer, ein herzlicher Mann, mit einem blonden struppigen Krauskopf und von Wuchs wie eine Tanne des Waldes, erzählte, in lateinischer Sprache, welche man damals ja in aller Welt verstand, mit Behagen, Laune und hineingemischten deutschen Wörtern und ganzen Sätzen und unter häufigen herzhaften Zügen aus dem Becher:
»Seindmalen wir uns schon an die dreiundzwanzig Täg durch den Wald geschaukelt – weil man doch fast alleweil in Schritt reit, mein ich, bei der langen Fahrt – hätt ich keinen Glauben mehr an das Viechzeug und selle Geschichten überhaupts. Der Bub aber« (er wies mit einer Bewegung des blonden Kopfes auf seinen hinter dem Stuhle stehenden »Ecuyer«, dem ein guter Verstand aus den lustigen Augen schaute), »der Bub aber hat wellen ums Verrecken den Drachen sehn und also mir gut zugeredt, sein wir links und rechts im Wald wie die Keiler durch den Busch gebrochen, aber nichts hat sich gerührt. Jedennoch hat's uns dann gut gelangt...«
So ging's weiter, ein behagliches, ein breites, und »alleweil« sprang der Knappe flugs und treu an seines Herrn rechte Seite, zu dem Tischchen nämlich, wo Krug und Becher standen, und schenkte nach.
Dem Fronauer wäre diese Fahrt ums Haar übel bekommen. Denn nahe der gleichen Stelle wie den Herrn Ruy stellte auch ihn der Wurm auf dem Wege, nur schien das Untier diesmal weniger schläfrig gewesen zu sein, sondern munter und zu einem fürchterlichen Spiel gelaunt, wenn auch glücklicherweise wiederum ohne Freßlust,

was Männer von Leder und Eisen betrifft. Und Herr Gamuret, der, ähnlich wie Ruy, den Buben und die Knechte bei den tobenden und also zum Gefechte ganz untauglichen Pferden gelassen, sah sich mitten im beherzten Vorlauf von dem Wurm, der seinen riesigen Leib zum Kreise schloß, umgeben wie von einem Wall, jedoch von einem laufenden, denn das Tier tollte in täppischer Weise um sich selbst und schien plötzlich darauf versessen, die eigene Schwanzspitze einzufangen – ohne im geringsten des Männleins von Stahl und Silber zu achten, das inmitten des weiten Zirkels stand und an welchem die hoch aufwachsenden und wieder absteigenden Formen des ungeheuren Rückens wie eine rennende Hügelkette vorüberzogen. Des Fronauers große Jagdrüden aber, von denen er viere bei sich hatte und die teils von inwärts des Ringes her, teils von außen sich in den Wurm verbeißen wollten – was an den Panzern und Buckeln allerdings eine ganz vergebliche Mühe war – diese Hunde schienen mit ihrem rasenden Gekläffe und Springen das Vergnügen des Drachen an dem Tanz noch zu erhöhen und ihn auf den eingefangenen Rittersmann gänzlich vergessen zu lassen: während links und rechts des Weges der Wald mit Stamm und Ast, mit Splittern und Brechen niederging. Jedoch dauerte diese seltsame Gefangenschaft des Herrn Gamuret ganz kurz, und er hatte während derselben nicht viel Zeit zum Überlegen: denn eben als er daran war, den Wurm von seitwärts mit dem Schwerte anzuspringen, hetzte überraschend – wohl zu des Fronauers Glück! – ein mächtiges Rudel von Rotwild durch die aufgestörten Wälder. Dieses aber schien den Drachen doch weit mehr anzugehen als Hunde und kleine silberne Männer, er löste seinen Ring

und schoß, unter wilden Verwüstungen des Waldes, hinter der aufgescheuchten Beute einher und also davon.
Der Fronauer aber hatte Mühe, die tollgewordenen Hunde zurückzurufen.
Deren einen aber ließ er jetzt durch seine Knechte hereinführen, öffnete ihm ohne weiteres das Maul, und, die Lefzen zurückschiebend, zeigte er der Herzogin, wie sich das Tier zwei Zähne an dem Panzer des Wurmes ausgebissen.
»Mir war's, als wär ich in einen höllischen Tobel gefallen« – so beschrieb Herr Gamuret seinen Zustand inmitten des schrecklichen Ringes – »und der Bub draußen und meine Leut mit die Ross hent nicht weniger das Schwitzen vor Angst gekriegt dann ich selbsten.«
»Gleichwohl habt Ihr dem Wurm, bevor er noch entfliehen konnte, diese Zier vom Haupte gehauen!« sagte Lidoine und wies auf das violenfarbene Horn, welches auf einem Kissen von Seide hereingebracht und zu Füßen ihres Thronsessels hingelegt worden war. »Eure Tapferkeit ist aller Ehren wert.« Sie sah indessen an dem Fronauer vorbei und zu Ruy hinüber.
»Halten zu Gnaden«, sagte Herr Gamuret, der etwas verdutzt schien, »von Tapferkeit ist hier nicht wohl zu reden, denn wer mag tapfer sein, wenn ein Berg auf ihn zugerennt kommt. Was aber dieses Horn anlangt, so hab ich's nicht herabgeschlagen, sondern später und eine Strecke weiter von dem Ort, wo mir der Lindwurm begegnet ist, gefunden.«
»Und wie fandet Ihr's?« fragte die Herzogin und neigte sich ein wenig vor. »Lag's im Walde oder am Wege?«
»Rechts des Weges in einem Gebüsch haben wir's gefun-

den, sollte billig heißen nicht wir, sondern die Hund, welche unterwegen allesamt da große Zusammenlaufung getan mit Laut geben und Scharren. Wir hielten nun freilich Nachschau. Ein Wunder ist's nicht, denn das Ding riecht stark und, wie mir scheinen will, recht süß und edel.«

»Ach, das ist's?« rief Lidoine, »die ganze Zeit über, die Ihr hier im Saale sitzet und sprecht, Herr Gamuret, denk ich über den seltsamen Duft nach und daß Ihr wohl sehr kostbare Essenzen gebrauchen müßt!«

»Ich hab mein Lebtag dergleichen nicht gebraucht«, sagte der Fronauer etwas verwirrt, und vielleicht wurde er auch mißtrauisch und des Glaubens, daß hier mit ihm Spott getrieben werden sollte. Eine kleine Falte erschien über seiner kurzen und geraden Nase.

»Sagt, Herr Ruy, wonach riecht es?!« rief die Herzogin lachend und winkte einem Pagen, daß er das Horn zu dem Spanier trage.

Ruy beugte sich über seine fremdartige Beute, die er in Todesangst vorlängst dem Wurme abgenommen. Er schloß die Augen halb und zog die Luft ein. Sein Gesicht blieb völlig ernsthaft. Nach einer Weile erst blickte er auf, jedoch an Lidoine vorbei, und sagte langsam:

»In grünen, saftigen Talgründen riecht es wohl so, die von geruhigen Bächen durchzogen sind, darin sich das Grün des Ufers verdunkelt und vertieft im Widerspiegeln. Mag schon sein, daß dort solche Blumen wachsen von derart strengem und feinem Dufte wie diese Drachenzier.«

»Das sagtet Ihr gut«, meinte Lidoine und schwieg still.

Herrn Gauvains Wesen, welches sich unmittelbar nach der Ankunft des Fronauers merklich verdüstert hatte, gewann wieder etwas Frische. Jedoch beherrschte den Jüngling eine bedeutende Unruhe; und diese führte ihn neuerlich in die einander übersteigenden Gärten und Bogenwege vor den Gemächern seines einstmaligen Herrn.
Hier lag Ruy ausgestreckt auf dem Ruhebette. Und rückwärts war sein Bube ein wenig eingenickt und neigte das Köpfchen an die Armlehne eines schweren Sessels. Auf dem niederen Tische neben dem Lager fehlten nicht Weinkrug und Schachbrett, jedoch waren auf diesem die Figuren teils umgefallen, teils nachlässig zusammengeschoben.
Gauvain blieb stehen, in der Ecke einer kleinen Galerie, und lehnte sich leicht an die Wand, darin einzelne bunte Ziegel leuchteten. An den Säulchen kletterten Blüten in dicken Dolden. Der warme Sommerhimmel fiel hier von überallher in großen und tiefen Stücken herein und wölbte drüben frei auf, über dem Horizonte.
Hier war Frieden. Hier trat die sonst, aus Angst und Gejagtheit des Herzens, vielfach unbeachtete Welt, an welcher er selbst, Gauvain, unruhevoll vorbeiging, von allen Seiten herein wie in ein vieltoriges Haus. Hier tändelte ein Schmetterling, und auch er war, mit seinen leichten und zufälligen Bewegungen, in diese Schale der Ruhe gefaßt und konnte darin betrachtet werden.
Anscheinend schlummerten beide, Ruy und der Knabe.
Gauvain sah dem Schmetterling zu. Er war violenfarben, so etwa wie jenes Drachenhorn, und die Blüten, welche er beflog, waren von sattem Braungelb.
Nach einer Weile zog Gauvain sich leise zurück.

Als er danach einen der inneren Gärten durchschritt, begegnete ihm der herzogliche Marschall, welcher ihn vor nicht langer Zeit mit Ruys Schwert zum Ritter geschlagen. Gauvain sah den weißhaarigen Mann herankommen in seiner Schaube von Seide und Pelzwerk, durch einen langen Gang, der aus niederen Linden mit dicht ineinander verflochtenen Kronen bestand, wie ein Bogengewölb: an dessen anderem Ende öffnete sich eine kleine, von Efeu umsponnene Tür, welche jetzt den alten Feldherrn und Hofmann entließ, der sich da zu ergehen wünschte.
Für Augenblicke nur wollte Gauvains Fuß sich im Vorschreiten hemmen, aber die höfische Zucht obsiegte, und sie führte den jungen Ritter hier geradewegs dem Greise entgegen: langsam kam dieser, Schritt vor Schritt, und den Jüngling wehte es plötzlich seltsam unheimlich an, ja er rang geradezu nach Fassung in seinem Innern, als würde nun eine Entscheidung ihn antreten, ihn, der unsicher zwischen einem Abgrunde von Verzweiflung und einem blauen Himmel voller Hoffnungen umtrieb.
Da war's nun an der Zeit, mit Ehrerbietung zu grüßen. Und der Gruß ward so freundlich erwidert, daß alle Beängstigung sich minderte.
»Sieh da, mein Schwertpatenkind«, sagte der alte Herr. »Wollt Ihr, mein Sohn, einem alten Manne ein wenig Gesellschaft leisten?«
Gauvain verbeugte sich, nach der Sitte der Zeit nicht tief, sondern leicht, und ein klein wenig seitwärts in den Hüften gedreht.
Die Sonne lag mit vielen weißleuchtenden Lichtpfeilen zwischen den Blättern.

So gingen sie denn nebeneinander, Herr Gauvain mit zurückgezögertem Schritt, den die Langsamkeit des Alters und die Ehrfurcht vor diesem dem Jünglinge auferlegte.
Wie aber ein solcher, ist er nur echt und gut, vor greisen Augen jene Sprödigkeit und Verschlossenheit nicht kennt, die überall sonst als ein ihn selbst oft drückender Sperring das Herz umlagern – so empfand es Gauvain als Wohltat, ja als löse man ihm nach langem Ritte den Panzer, als der Marschall geradewegs in den Kern der Sachen griff, die hier den jungen Rittersmann so sehr und so schmerzhaft bewegten.
»Ich seh Euch trübe in diesen letzten Tagen, Herr Gauvain. Item, seit des Herrn von Fronau Ankunft. Die aber sollte Euch gerade so nicht stimmen.«
»Wie denn anders?« fragte Gauvain einfach und mit leiser Stimme.
»Glaubt mir, junger Herr, oft will einer aus einer Not des Herzens gar nicht herausschauen in die Welt, obwohl dort ein einziger Blick den Ausweg zeigen könnte. Aber es will und liebt diese Not zu sehr ihre eigene Blindheit.«
»Ich glaube jedoch mein Unglück ganz deutlich zu sehen.«
»Aber eben nur dies; und Ihr geht darin befangen wie ein Mann im tiefen Walde. Scheut nicht die Axt des Verstandes, welche Euch den Weg freihauen kann; und vielleicht seht Ihr dann ins Freie und in eine Sonne, von der Ihr Euch nicht träumen ließet.«
»Ich habe nicht gewagt, mir Hoffnung zu geben, und wenn, so unterdrückte ich sie bald wieder.«
»Hier handelt sich's, mein Freund, nicht um Hoffnung

oder Furcht. Beide für den Augenblick zu überwinden sei Euch von mir empfohlen. Aber, in welche Sache immer uns das Leben nun einmal hineingestellt hat: man muß sie führen. Man muß sehen, was sich dabei tun läßt. So gibt man dem nach Gottes Willen schon fliegenden Pfeil erst seine Spitze, in welchem seltsamen Kunststück sich aber, wie mir scheint, Würde und Wert des Menschen eigentlich erweisen. Dazu gehört nichts als ein klarer Blick und eine durch ihn bezwungene ruhige Hand. Wenn ein Staatsmann, ein Feldherr, ein Künstler sich dieser Tugend bedienen, denen ihre großen Sachen, einmal erschaut und erkannt, auch Kraft und Demut zu allem Kleinen geben, was dabei fortwährend wird zu verrichten sein: dann sehe ich nicht ein, warum ein Liebender es nicht soll ebenso machen können in seiner, wie ich auch heute, als alter Mann, noch recht wohl weiß, keineswegs geringen Sache.«
Er schwieg, hielt im Gehen an und blickte zwischen die weißleuchtenden Sonnenflecken im Geäst, und sein Antlitz schien durch Augenblicke erleuchtet, als erhöbe sich für ein kurzes wieder der Sturm längst vergangener Jahre in dieser Brust.
Bei dem Worte »ein Liebender« hatte Gauvain den Blick tief zwischen die Kiesel des Weges gebohrt, die er dabei ganz groß sah, und eine heiße rote Welle war an seinem Halse hochgeschlagen, so daß er die Seide seines Rockes rundum als kühl empfand.
»Jedoch wüßte ich nicht, was jetzt zu tun wäre«, sagte er endlich, den Blick noch immer am Boden.
»Gut zuhören, junger Herr, und die Sachen klar ins Auge fassen. Das Übrige kommt von selbst.«
Diese letzten Sätze sprach der Marschall mit großer

Genauigkeit und einiger Schärfe. Er schien nun erst an einem Punkte zu halten, zu welchem er wohl schon vom Anfange dieser Unterredung an sich hinbewegt hatte; und aus der mit Wohlwollen dargebotenen Schale einer bloß aufnehmenden Anteilnahme sprang jetzt ein klarer Strahl verfolgten Zwecks.
Gauvain fühlte das. Er fühlte zugleich, daß hier ein Neues ins Spiel trat, ein Fremdes ihn berührte, und schon wollte er davor zurückweichen in den verworren durcheinanderwachsenden Wald seiner Sehnsucht, Qual, Hoffnung und Verzweiflung – weil ihm die Befangenheit darin besser dünkte als jedweder kluge Einblick von außen her: aber die plötzlich entfachte Hoffnung war es jetzt, die sein Gehör erschloß.
»Wie gerne werde ich Euch zuhören, ehrwürdiger Herr, und wie aufmerksam auf jedes Eurer Worte merken und, wenn ich nur irgend kann, Euren Rat befolgen!« rief er lebhaft.
»Recht so«, sagte der Marschall, über dessen feine Züge ein Lächeln zu huschen schien. »Zuvörderst das eine: Glaubt Ihr, daß Euer gewesener Herr noch an eine Werbung bei der Herzogin denkt? Denn man kann, streng genommen, nicht eigentlich sagen, daß die Zeit hiezu abgelaufen wäre. Vielleicht wollen einzelne hier bei Hofe – im Gegensatze zur Mehrzahl wohl – in diesem Zögern sogar eine besondere Betonung des Schicklichen erblicken. Hat der freie Herr von Fanez darüber nie zu Euch gesprochen?«
Gauvain merkte wohl, daß es dem Marschall darum zu tun war, hier etwas zu erfahren; und er glaubte im Augenblicke auch, daß es nicht nur diesem, sondern seiner eigenen Sache dienlich wäre, wenn er nun das

Genaue, das er von Ruy wußte, hier ebenso genau aussagen würde. Jedoch, er vermochte es nicht, aus dem Zusammenhange einer mit seinem einstmaligen Herrn verbrachten und unvergeßlichen Stunde hier kurzerhand eine Auskunft herauszulösen, die als solche gar nicht gegeben worden war. Vielmehr schien ihm, als hätte Herr Ruy von Dingen gesprochen, die für ihn unermeßlich bedeutender sein mochten als etwa die Absicht, zu werben oder nicht zu werben: und so hatte er ja auch seine Entscheidung für das zweite nur beiläufig einfließen lassen in ein Gespräch, das in seiner Art für Gauvain einzig dastand. Nicht über den einen bestimmten und erklärten Punkt zu schweigen hielt sich der Jüngling jetzt für verpflichtet: wohl aber aus jener seltsam vertraulichen Stunde, da die Sonne bereits hinter die Zinnen und Kirchturmnadeln der Stadt am Himmelsrande gerückt war, durchaus kein Mittel zu irgendwelchem Zwecke zu machen, sei es nun zu welchem immer. Ja, als ihm solches nur in der Vorstellung anrückte, schämte sich Gauvain sehr.

»Darüber habe ich ihn nie sprechen gehört«, sagte er also.

»Das ist für Euch zu bedauern«, sagte der Marschall. »Des freien Herren von Fronau Ankunft macht zudem Herrn Ruy ein rasches Handeln bereits unmöglich, da es ihm nicht wohl anstehen möchte, nun plötzlich Eile zu zeigen. Was aber Herrn Gamuret anlangt, so sieht mir dieser ganz nach raschem Handeln aus und ohne sonderliche Scheu, sich über höfische Sitte hinwegzusetzen, wenn er seine Stunde für gekommen vermeint. Daß er sich hierin jedoch irrt, würde ich ihn gerne auf schickliche Art wissen lassen.«

»Wie wollt Ihr dies tun – und, worin, sagt Ihr, irrt sich Herr Gamuret?«
»In der Herzogin. Ich sprach mit ihr, und es gelang mir, ihr klarzumachen, daß Herr Gamuret der geeignete Mann nicht wäre, einen Herzog von Montefal abzugeben, mag er sonst ritterliche Tugenden haben wie immer, welches zu bestreiten oder auch nur im mindesten anzuzweifeln von mir ferne sei.«
»Es gelang dies also ...«, sagte Gauvain und verwunderte sich über seine sprechenden Lippen. Sein Herz stand plötzlich in einem leeren Raum und sehnte sich nach der Wärme und Berührung des übrigen Körpers.
»Ja, es gelang. Zudem, so einhellig der Staatsrat einer Verbindung mit Herrn Ruy zugestimmt hätte – so geteilt verhalten sich dort Meinungen und Stimmen, was jenen deutschen Herren angeht. Während die einen in ihm den zu begrüßenden künftigen starken Herrscher sehen wollen, ist man auf der anderen Seite geneigt, die völlige Fremdheit seines Blutes und seiner Art für bedenklich zu halten, wobei einige sagen, er könnte dann das Land in sinnlose kriegerische Abenteuer stürzen oder etwa im Inneren eine eigenwillige und gewalttätige Hand zeigen. Überdies aber werde es schwer sein, ihm zu raten, da bei seinem unstreitig etwas rauhen und störrischen Wesen der Staatsrat jenen Einfluß, den er bisnun zum Wohle des Landes entscheidend besitzt, bald verlieren müßte. Zu jenen, die so denken, gehöre auch ich.«
Nur wie man einen Punkt ausnimmt, nur ganz ferne, nur mit der obersten und dünnsten Schichte des Verstandes, merkte Gauvain allmählich, daß hier jemand sich anschickte, auf eine völlig unbegreifliche Weise für ihn selbst die Partei zu nehmen.

»Wenn nun«, fuhr der Marschall fort, »wir in einiger Gewißheit uns befänden, was die Absichten des freien Herren von Fanez angeht, das heißt, wenn uns etwa mit Sicherheit bekannt würde, daß von seiner Seite eine Werbung nicht mehr zu erwarten sei, dann würde sich eine Möglichkeit eröffnen, von der ich, zusammen mit dem überwiegenden Teile des Staatsrates, denke, daß es die allerbeste wäre. Darum, Herr Gauvain, bringt in Erfahrung, was Euer gewesener Herr zu tun oder zu lassen gedenkt, welches Euch ja nicht schwerfallen kann.«

»Nein, freilich nicht«, sagte Gauvains Mund, der da vor dem eigenen Antlitze sprach und wie losgelöst davon, so daß sein Eigner den redenden Lippen gleichsam zusah.

»Nun denn! Ein Zweites geht Herrn Gamuret an. Ihm wäre auf freundliche und auf die richtige Art zu bedeuten, daß seine Werbung viel Aussicht nicht hätte und daher besser unterbleiben würde. Niemand kann für dies Geschäft geeigneter sein wie Herr Ruy de Fanez, wenn anders er nicht selbst noch an den Sachen teilnimmt, was ihm dann freilich unmöglich machen würde, dem Fronauer einen solchen Rat zu geben.«

»Und nun, ehrwürdiger Herr«, sagte Gauvain, der jetzt plötzlich, und zu seinem eigenen Schrecken, einen Vorstoß wagte, »wenn mein einstmaliger Herr dies nun täte, und mit Erfolg...?«

»Dann werdet Ihr um die Herzogin werben, und mit Erfolg«, antwortete der Marschall in aller Ruhe.

Und also geriet Gauvain mit seinem Vorstoß auf den hervorschießenden Strahl des Lebenswassers, den er hier selbst in plötzlicher Kühnheit aufgebohrt hatte wie ein Bergmann: und schon stieg die heftige Flut in allen

Stollen und Gängen seines Innern, während sein Kopf von des Marschalls wenigen knappen Worten dröhnte, wie ein Turm, in welchem die Glocken geläutet werden und dessen Schallöcher brausen. Einmal in Bewegung geraten, einmal aus jener Starrheit gefallen, in welcher er bisher dem Leide standgehalten hatte, ward es ihm furchtbar schwer, sich hier und jetzt zu bemeistern. Das Blut stieg in das Haupt, das Herz lärmte in der Brust, jeder Lichtpfeil der Sonne, die durch das Laub blitzte, ward erregend auf ihn abgeschossen, und von seinen Füßen her wuchsen die Kiesel zu ihm herauf, als ginge er klein und plattgedrückt kaum zwei Fuß hoch über dem Boden, der zugleich wie unter fließendem Wasser lag. Nie noch hatte ein diesem vergleichbarer Zustand ihn befallen. Und jene von rasendem Herzklopfen zerrissenen Augenblicke damals im Walde, als er mit den tobenden Rossen gekämpft hatte, während sein Herr, das blanke Schwert in der Faust, einem braunen Berge entgegengerannt war, der sich wie aus einer anderen Welt auf den glatten Nadelboden des Weges schob – jene Augenblicke waren, mit diesen hier verglichen, mit diesem äußerlich ruhigen Gehen und Stehen in dem Laubgange von Linden, eher gesammelte als wild erregte zu nennen.

»Eure einfache ritterliche Geburt«, fuhr indessen der alte Herr zu sprechen fort, und zwar im Tone eines erläuternden Vortrages, »bildet kein Hindernis. Denn auch bei jenen beiden freien Herren hätte sich der Staatsrat ebenso mit dem verhältnismäßig niedrigeren Stande des erwählten Gemahles zu befassen gehabt, item mit dessen Erhebung zur Herzogswürde. Unsere gnädige Frau konnte wohl auch, als sie, zum zweitenmal Witwe geworden, ihren seltsamen Entschluß faßte, nicht erwarten, daß gerade ein regierender Fürst das Abenteuer im Wald von Montefal würde bestehen wollen, um ihre Hand zu erringen. Fürstliche Personen pflegen sich ja allermeist um anderes zu kümmern als um Lindwürmer. Genug an dem: Ihr seid ritterbürtig und zum Ritter geschlagen. Ich kann Euch jetzt und hintnach sagen, daß ich dies letzte damals beschleunigte, so gut es angehen mochte, denn sehr bald, junger Herr, hat mein Auge auf Euch geruht. Nun, Ihr habt den Wald durchritten und der Bedingung unserer Herrin Genüge getan. Auch ist's meine Meinung, daß man rasch hochzeiten sollte: denn ein seltsamer Zufall brachte zwar, nach jahrelangem Warten, drei Herren aus dem Wald, von denen jedoch einer nicht werben will, der andere nicht werben soll – dafür aber der dritte, und das seid Ihr, der Herzogin sehr wohl zu gefallen scheint. Sollen wir da die Wartezeit noch ins Ungewisse verlängern? Ihre Gnaden sehnen sich nach einem jungen Gemahl, werden aber dabei, mit Verlaub, auf die Länge auch nicht jünger. Ihr seid wohlbeschaffen, sittsam und klug, Herr Gauvain. Ihr werdet nicht eigenwillig sein und nicht glauben, von den Staatsgeschäften mehr zu verstehen als betagte und erfahrene Männer, die seit Jahrzehnten mit nichts anderem befaßt sind. Ihr werdet Euch raten und lenken lassen, ich glaube es von Euch erwarten zu dürfen. Schlagt ein! Ich würde unter solcher Bedingnis der Eure sein und Eure Sachen gut führen; und, im Vertrauen gesprochen: es wäre mir ein Leichtes. Ihr aber geht heute noch und ungesäumt zu Eurem einstmaligen Herren und beredet Euch mit ihm, wovon ja alles abhängt, und weiterhin auch wegen des Fronauers. Alsdann laßt mich's wissen.«

Und vor Gauvains Augen erschien, von Sonnenflecken gestreift, das Schicksal selbst in Gestalt einer weißen glatten Hand, die aus dem Pelzbesatz eines Brokatärmels hervorglitt und sich ihm geöffnet darbot: und auch diese Gestalt schien ihm größer und furchtbarer als einst des Wurmes Haupt, wie es sich aus der Tiefe des Waldes auf den nadelbraunen Weg geschoben hatte.
»Alles, alles, gnädiger Herr, verspreche ich Euch«, sagte Gauvain mit dem letzten, was er an Stimme noch aufbrachte, ergriff die Hand des Marschalls, beugte sich darüber und küßte sie.

Wie Gauvain, nachdem der Marschall ihn beurlaubt, aus dem Lindengange hinausgekommen war, das wußte er selbst nicht, da er schon geradezu um sein körperliches Gleichgewicht kämpfte, um beim Gehen nicht zu schwanken. Endlich aber stille zu stehen oder zu sitzen – wozu hier in den Gärten manches marmorne Rund einlud – gelang ihm jedoch nicht. So schritt er immer weiter und empfand seinen Leib wie eine aus den Angeln gehobene Tür, die nur leichthin am Pfosten lehnt. Er fiel unsicher hinaus in die Fülle der Sonne, in das Blau, in die brennenden Farben der von weißen Mauern herabträufenden Blumengewinde, irrte mit dem Blick auf dem flitternden Spiegel von Teichen, die sich darboten, und sah dahinter die blauen Schatten des Schloßdoms über Blüten ragen. Im Vorbeigehen bot er einer Gruppe von ballspielenden Damen des Hofes den Gruß mit abwesenden Augen und mit Gliedern, die er wie von Holz und nur an der äußersten Oberfläche als sein eigen und ihm gehorsam empfand. Eine große rotblonde Frau sah ihn verwundert an, wandte sich dann um und schleuderte kräftig den Ball.

Wie ein Stein lastete seltsamerweise des Marschalls Auftrag Gauvain auf dem Herzen, welches allem anderen eher geneigt war, denn einem Zwecke nachzugehen: gerade dies aber sollte ihn ja zu Herrn Ruy führen.

Als er sich dabei vorstellte, wie und was er nun seinen einstmaligen Herrn zu fragen hatte – da unterbrach er endlich und plötzlich sein rasches Gehen, und eine Ruhebank war ihm willkommen. Sie, zusammen mit dem fernen dunstigen Himmelsrande über Terrassen und Gärten, ließ ihn erstmalig wieder aufatmen, und schon kam, wie ein weicher Sommerwind, der Einfall angeflogen, einfach hier zu verweilen und zu bleiben, den Dingen ihren Lauf und den Auftrag des Marschalls vorüberziehen zu lassen, wie jene Wolken, die hier selten und einzeln am Himmelsrande erschienen, ein Weilchen still lagen und dann vergingen wie die Tage, wie die Wochen auf Montefal. Gauvain wurde ruhig.

Ihm gegenüber sprang jemand von einer hohen marmornen Stufe auf den Kies, lief herzu und blieb mit höfischem Gruße vor ihm stehen.

Es war sein Bube, auf welchen er völlig vergessen, dem er aber, des Alleinseins bedürftig, vor Stunden befohlen hatte, ihn an diesem Platze hier zu erwarten.

»Geh zu dem freien Herrn von Fanez und melde ihm mein Kommen«, sagte er zu dem Knappen.

Zur Zeit als Gauvain unter den gekrümmten Linden sich unvermutet dem Marschall gegenübergesehen hatte, war Herr Ruy noch im Schlafe verblieben; und wenn nicht gerade in dem eines ausgemachten Gerechten (denn diese

Figur gibt ein »irrender Ritter« schwerlich ab), so doch im Schlaf eines Mannes, der von den Dingen dieser Welt allseits genügend Abstand genommen hat, um in ihrer Mitte zu ruhen.

Am Himmel änderte sich wenig, noch stand die Sonne hoch. Grüner Blätterschatten überdeckte das Ruhelager und auch den schweren Sessel, gegen dessen eine Armlehne geneigt Patrik schlief, das kleine englische Grafenkind, hell, frisch und rötlich, als hätte man einen Ährenbund mit Feldblumen dort in das Gestühl gelegt.

In diese Stille huschte plötzlich, aus der Galerie hervorkommend, ein zweifarbig gekleideter flachsblonder Junge, warf einen raschen Blick auf den schlafenden Herrn Ruy und versetzte dann Patrik einen kräftigen Rippenstoß; worauf der kleine Engländer mit einer blitzschnellen Bewegung seines schlanken Beines den Störenfried sehr wohlgezielt in den Bauch trat, mitten aus dem Schlafe heraus. »Wach auf, Patrik«, tuschelte der Ankömmling (als würde solch ein Tritt nicht das Wachsein ausreichend beweisen) – »es kommt wer zu deinem Herrn!«

»He da?!« rief jetzt Ruy von seinem Ruhebett her, der durch das kleine Zwischenspiel ermuntert worden war.

Sogleich ließ der blonde Störenfried von Patrik ab, eilte vor das Lager hin, drehte eine Verbeugung aus den Hüften, die sich bei jedem Zeremonienmeister hätte sehen lassen können, trat zurück und trug mit heller, wohltönender Stimme das Folgende vor:

»Gnädiger Herr! Gamuret, freier Herr zu Fronau, Pfleger zu Orth und Herr von Weiteneck, schickt mich zu

Euch, um zu fragen, ob Euer Gnaden ihn wollten empfangen.«

»Lauf!« sagte Ruy, »und bring deinem lieben, edlen Herren meinen besten Gruß, es möchte mir eine besondere Freude machen, ihn hier sehen zu dürfen.«

Bald danach kam der Fronauer durch die Bogengänge und hängenden Gärten unter Vorantritt seines Buben herauf und stand jetzt über Herrn Ruys Ruheplatz am oberen End' einer kleinen Treppe vor dem blauen Himmel. Die Sonne brach durch sein weizenfarbenes Haar, welches ganz licht und leicht aussah, wie das Sonnengold selbst.

Herr Ruy eilte dem Gast mit ausgestreckten Händen entgegen.

»Ich komm, mit Euch vertraulich zu sprechen und ein offenes Wort, Herr Ruy«, sagte der Fronauer und stieg die Stufen herab. Er trug einen breiten Rock von blauer Seide, über welchem der hirschlederne Gürtel lag. Am Halse und an den Schultern war weißer Pelz.

Die Buben liefen mit frischem Wein, Backwerk und Früchten.

»Sprecht doch«, sagte Ruy, »Ihr könnt eines brüderlichen Herzens versichert sein.«

»Ich will Euch fragen«, sagte der Fronauer gradaus und ließ sich in den schweren Sessel nieder, worin früher Patrik geschlummert hatte – »ob Ihr noch zu werben gedenkt?«

»Nein, Herr Gamuret«, antwortete Ruy ebenso, »ich will's nicht tun.«

»Dann soll ich es wohl.«

»Steht Euch denn der Sinn nicht ganz und gar danach?«

»Nein. Das wäre gelogen, wollt ich es sagen.«
»Niemand nötigt Euch zu Eurer Werbung, Herr Gamuret.«
»Nein. Jedoch, soll all die schwere Fahrt umsonst getan sein, die Angst umsonst erlitten, das wochenlange Reiten durch Wald und wieder Wald, als ritte man am Grund des Meers? – Nun, Ihr habt das selbst erlebt. Mir will's nicht in den Kopf, daß ich weiter soll, ohne den Preis zu nehmen.«
»Ist aber, so scheint es, für Euch gar kein Preis«, sagte Ruy lächelnd.
»Nun ja, immerhin, die Sachen würden am End noch eine Vernunft bekommen, mit diesem Herzogtum hier. Ach, ich fühl mich da fremd, wie bei den Türken. Und sagt, Herr Ruy – Ihr, für Euer Teil, Ihr laßt dies so fahren?«
»Darum heiß ich ja ein fahrender oder irrender Ritter«, antwortete Ruy lachend. »Nein, sie gefällt mir nicht, die verehrungswürdige Dame, das ist's ganz einfach. Warum soll ich in einen Apfel beißen, bloß weil er Apfel heißt? Gegen derlei möcht ich mir meine Freiheit gewahrt haben. Jedoch versteht mich wohl: gefiele sie mir, dann hätt ich längst gebissen. An der Gelegenheit hat's ja nicht gemangelt.«
Der Fronauer hob den Kopf und sah Ruy aus seinen hellen Augen lange an.
»Da seid Ihr im Rechten«, sagte er dann. Aber diese klare Einsicht, welche durch Augenblicke in seinen Zügen stehengeblieben war, zerfiel schon wieder unter den Schatten des Zweifels, die jetzt darüber hinliefen. Man konnte es diesem Antlitze entnehmen, daß solcher Wechsel des Lichts in den letzten Tagen ein häufiger

gewesen sein mochte, ja ein ermüdendes Hin- und Widerspiel. Herrn Gamurets Gesicht sah ein wenig matt aus und zerarbeitet. Er beugte sich jetzt vor, legte die breite Hand auf die Kante des Tischchens, das zwischen ihm und Ruy stand, und sagte, indem er seinem Gegenüber in die Augen sah, mit einer ganz plötzlich offenbar werdenden Hilflosigkeit: »Wollt Ihr mir raten?«

»Soll ich's denn wirklich?!« antwortete Herr Ruy und sah dabei vielleicht ernsthafter drein, als er merken lassen wollte.

»Ja, doch! Ich bitte Euch darum.«

Mit einer lebhaften und anmutigen Bewegung erhob sich nun der Spanier von dem Ruhebett, darauf er gesessen, und tat ein paar Schritte unter dem Blätterschatten, bis dahin, wo die Sonne schon auf Kies und Fliesen lag und die Gärten treppab, treppauf in sie hineinliefen: hier stand Ruy unter dem Rund der Laube und gerade vor dem offenen blauen Himmel, während er sprach:

»Hängt Euer Herz nicht, woran es nicht hängt, Herr Gamuret. Zu solchem rät uns nur der Rest von den vielen alten Männern in unserem Blut, die unsere Vorfahren waren, noch jung zwar, da sie zeugten, jedennoch dann wieder mitgealtert im Nachfahren, so daß aus dem Sprößling ein ganzer Chorus von Greisen schon spricht, die allesamt nichts wollen, als ihm die blühende Jugend rauben und ein Grab aus seinem Leben machen, derweil es noch währt. Jener Rest ist's, dem wir stets einen Zweck beweisen sollen, bei allem was wir tun, sonst wirbelt er auf wie der Satz im Glase und trübt uns den Wein. Jedoch soll man sich dessen entschlagen und frisch einschenken. Da draußen, Herr Gamuret, liegt Eure Ritterschaft. Ihr vor allem ist die schwere Fahrt zu

Nutzen, die Ihr getan habt. Ein ungeliebtes Weib, mein ich, wäre dafür ein armseliger Preis. Darum ist mein Rat: streckt hier die Glieder noch, so lang es Euch behagt, wie auch ich das getan habe, und sodann schlagt den alten Männern ein Schnippchen und reitet.«

»Ja, so ist's!« rief rückwärts der Fronauer, »Ihr gebt, Herr Ruy, den Ausschlag, um welchen ich mich vergeblich bemüht habe.« Er stand nun gleichfalls auf, trat nach vorne, unter den Bogen von Blättern und hängenden Blüten, neben den Spanier.

»Seht hin, wie schön das liegt!« sagte dieser lächelnd und wies hinaus, »Burgen und Dörfer, und der Straßen stäubende Bänder...«, er brach ab, und sein Antlitz verdüsterte sich für eines Gedankens Länge.

»Ja, es liegt schön...«, sprach Herr Gamuret langsam nach. Er hob den Kopf, ließ das Auge in der Ferne schweifen, und seine linke Hand spielte an dem Gehenk. So breit er hier stand, was durch den Schnitt des Gewands noch verstärkt ward: dies Antlitz war das eines aufatmenden Kindes. Herr Ruy bemerkte es wohl.

»Seht«, sagte er, als sie wieder zum Weine zurückgekehrt waren, »mir erschien gleich am ersten Tage, als Ihr in dem Saal von Weiß und Silber der Herzogin Eure Fahrt erzähltet, die Frau Eurer Art ganz fremd und deshalb auch nicht wert. Sie stellte Euch auf eine Probe damals, welche Ihr wohl bestanden habt, die aber mich für mein Teil ergrimmte. Und ich glaube, mit Recht könnte da ganz gröblich gefragt werden, ob sie selbst der ungeheuren Proben wert sei, die sie uns aufgegeben, um hintnach dann Späße zu treiben, die bei Hofschranzen angebracht wären, nicht aber bei einem freien Herren.«

»Welche Späße?« fragte der Fronauer.

»Ihr dürftet Euch erinnern«, fuhr Herr Ruy fort, »daß die Herzogin kurzerhand anzunehmen schien, Ihr hättet das mitgebrachte violenfarbene Horn dem Drachen selbst vom Haupte geschlagen, und Euch solches geradezu in den Mund legte: worauf Ihr widerspracht und erzähltet, Ihr hättet das seltsame Ding am Wege gefunden.«

»Wohl, so war's ja.«

»Sie aber wußte das schon, das heißt, sie hatte längst erfahren, daß solch ein Horn im tiefen Wald am Wege lag und kampflos zu haben war.«

»Wie das?« rief der Fronauer erstaunt.

»Sie wußte es von mir«, antwortete Ruy. »Ich selbst schlug dem Drachen jenes Horn ab, welches Ihr dann brachtet. Jedoch ließ ich's damals liegen in dem Gebüsche, wohin es durch den Schlag gesprungen war, aus Erregung und Ermattung nach der ausgestandenen Todesangst völlig dieser Beute vergessend. Das hatte ich der Herzogin genau berichtet, in dem gleichen Raume sitzend, ja, auf dem gleichen Sessel wie Ihr. ›Wo habt Ihr jenes violenfarbene Horn?‹ fragte sie mich damals. ›Es liegt wohl noch immer in dem Gebüsche rechts des Weges‹, gab ich zur Antwort. Nun ist Euch, Herr Gamuret, wohl erinnerlich, daß Ihr besonders befragt wurdet, wo das Horn von Euch entdeckt worden sei.«

»Ja, ich erzählte, wie die Hunde es aufstöberten.«

»Damit also erwies sich, daß ich nicht geflunkert hatte. Jedoch hätte sie vorher gerne Euch zum Flunkern gebracht und schob's Euch deshalb ganz annehmbar hin, daß Ihr dem Drachen diese Zier rauben konntet. Versteht mich nun recht: wem wäre es zu verübeln gewesen, wenn er, um eine Frau sich bewerbend, solcher kleinen Schwäche nachgegeben hätte, wozu ja nicht einmal nötig gewesen wäre, den Mund großsprecherisch aufzumachen, sondern durch ein Nicht-dawider-Reden, welches, wie die Alten schon sagten, eben die Zustimmung bedeutet? Versteht mich recht, Herr Gamuret, und daß ich nicht Eitelkeiten hier das Wort reden möchte – jedoch, nach solch schwerer Fahrt solch leichte kleine Schwäche aus jemand hervorlocken zu wollen ist kein Kunststück und hätte bei dem besten Mann gelingen können. Bei Euch ist's nicht gelungen. Aber, glaubt mir, wär ihr's geglückt – nun, sie hätte Eurer nicht geschont.«

»Ja, ja«, sagte der Fronauer langsam und nachdenklich, »so fühlt ich auch die Wesensart unserer gnädigen Frau, gleich zu Anfang, wenn auch so deutlich nicht. Nein, unter diesen Schatten möcht ich mein Haupt nicht zur Ruhe legen. Da müßte einer noch Knabenart haben, um an derlei ein verehrungsvolles Gefallen für die Läng zu finden.«

»Das sagt Ihr treffend!« meinte Ruy.

»Eines versteh ich nun besser«, fuhr der Fronauer fort und begann zu lachen, »was sich mir bei den Versespielen zeigte, Ihr erinnert Euch, daß man derlei während der ersten Tage meines Hierseins fast täglich trieb. Es war ja kein rechtes Dichten, wie wir's daheim im ritterlichen Brauch haben und worauf Ihr Euch, Herr Ruy, wohl zu verstehen scheint, wie ich bemerkte – sondern diese Verschen und Liedchen waren allermeist und mit wenig Ausnahmen eitel Spötterei und Klugtuerei, was mir im Grund zuwider. Nun gab's da einmal eine Zeile der Herzogin, in einem Blason, wie man solche Lieder französisch nennt. Sie sang's zur Laute, deren Griffe

Herr Gauvain ihr beigebracht hatte. Jene Zeile hieß etwa:

›Klüger als sein Gesicht, darum nicht eitel...‹

oder sonst auf diese Art. Sie lachte mich dabei an und schürzte die Lippen ein wenig. Heut erst weiß ich, daß dies einen Pfeil bedeutete, auf mich abgeschossen, und sie hat also angenommen, daß ich ihre Probe damals durchschaute und auf der Hut war und: – ›darum nicht eitel‹. Es scheint mir aber, ich war noch viel dümmer als mein Gesicht.«

»Vielleicht glaubte sie auch, Ihr hättet indessen mit mir bereits von den Sachen gesprochen«, warf Ruy dazwischen.

»Wohl«, sagte der Fronauer, »mag's sein wie immer. Ich laß den Packen hangen, wie man bei uns daheim spricht.«

»Und nun, Herr Gamuret«, sagte Ruy, nachdem die Buben neu eingeschenkt hatten, »wollt ich noch eines mit Euch reden in einem guten Vertrauen.«

»Sprecht frei, an mir wird's nicht fehlen«, rief der Fronauer und setzte den Becher hin.

»Es gibt ein armes Herz, das ist in der schwersten Not wegen unserer gnädigen Frau, was wir beide nicht so wohl verstehen dürften – item, es ist so. Steht Ihr von den Sachen ab, dann könnte geholfen werden.«

»Und Lidoine?«

»Hätte bei einer Werbung von Eurer Seite wohl möglich dem männlicheren Ansehen, dem höheren Stand, dem reiferen Alter sich verständig und allzu verständig zugewandt. Jedoch auch hier mit halbem Herzen, ähnlich wie Ihr, welches halbe Herz unsere gnädige Frau aber

geschickt und trefflich zu regieren versteht, wie mir scheint. Ich hätte danach kein Verlangen. Wo aber bei einem anderen Leben und Sterben sich dran hängen will: so helf ich gerne dazu, wenn ich's vermag.«
»Man ist in manchen Gegenden«, sprach der Fronauer langsam und nachdenklich, »vorzeiten des Glaubens gewesen, es wohne sich in einem neuen Hause dann am glücklichsten, wenn ein lebendiger Mensch beim Bau in die Grundfesten eingemauert worden sei, wozu dann allermeist ein armer Gefangener hat dienen müssen. Ich aber möchte für mein Teil nicht wohnen über einem lebendig begrabenen Herzen. Doch sagt: wer ist's?!«
»Herr Gauvain.«
»Herr Gauvain!« rief der Fronauer, und es war ihm dabei die Rührung unschwer anzusehen. »Nein, ich hab davon wahrhaft nichts bemerkt. Der junge Herr muß ja die Zähne fest zusammengebissen haben – oder es ist eben der Gamuret noch viel dümmer, als er aussieht.«
»Er hat sich bemeistert, es war aller Ehren wert und nicht leicht.«
»Das will ich glauben. Und sprecht, Herr Ruy, wie stehn die Sachen?«
»Es scheint mir, als wäre für ihn jetzt der richtige Augenblick gekommen, zu werben. Da wir beide stillhalten, wird sie einschlagen.«
»Und so bekommt das ganze Herz ein halbes dazu.«
Sie schwiegen ein Weilchen. Der Fronauer erhob sich, trat wieder unter den Blätter- und Blütenbogen der Laube vor dem Himmelsblau, wo sie beide früher gestanden waren.
»Und nun eine Bitte, Herr Ruy«, sagte er dann.

»Sie ist im voraus gewährt«, antwortete Ruy, der noch auf dem Ruhebett saß, nach höfischer Art.
»Wollt Ihr mit mir zusammen die Werbung übernehmen für den jungen Herrn bei unserer gnädigen Frau? Ihr wißt, daß dabei Zweie vonnöten sind. Und wollen wir's bald tun und damit am Hof von Montefal endlich alles außer Zweifel und in eine rechte Ordnung setzen?!«
»Das heiß ich einen guten Einfall«, rief Ruy, sprang auf und schlug in des Fronauers dargebotene Rechte. »Und bald! Und morgen schon!«
»Und morgen schon!« wiederholte Gamuret lachend. »Jetzt zu Herrn Gauvain! Wo steckt er?«
»Da kommt er«, sagte Ruy und deutete hinunter auf den Weg über die Treppchen und Galerien, »will sagen, zunächst sein Bube. Lauf entgegen, Patrik, und melde, daß Herr Gamuret und ich mit wichtigen Sachen hier den Herrn Gauvain erwarten.«
Der kleine Engländer flog über den Kies, so schnell wie anmutig. »Der wird trefflich«, bemerkte der Fronauer und deutete hinter dem laufenden Knaben her, »ein gutes, edles Blut.«
»Ich nehm ihn mit, wann ich reite«, sagte Ruy.

Gauvain stand vor den beiden Herren, und die im Park auf der Ruhebank gewonnene Sammlung lag wie eine durchsichtige glatte Schicht über der tiefen Erregung, welche sein Antlitz darunter doch verriet. Herr Gamuret nahm ihn gleich freundlich bei der Hand und sprach ihn an:
»Herr Gauvain«, sagte er, »wir sind hier willens, Euch um was zu bitten. Es ist nichts Geringeres, als daß Ihr uns beide, Herrn Ruy und mich, erwählen sollt, falls Ihr

zweier Werber bei der Herzogin benötigt wäret. Wir erhoffen solches von Euch und daß Ihr durch Eure Werbung endlich dem Hof von Montefal den Frieden wiedergeben werdet, dessen er bedarf. Wir beide können's nicht, und der Sinn steht uns ganz und gar nicht danach. Könnt aber Ihr es, dann tut's und seid unserer Personen dabei versichert und unserer Dienstwilligkeit.«
»Ihr Herren ...«, stammelte Gauvain, indessen er begriff schon, drückte erst des Fronauers Rechte und fiel dann mit beiden Händen in die seines einstmaligen Herrn.
»Wir wollen's morgen tun«, sagte Ruy.
»Wie werd ich's Euch danken!« erwiderte Gauvain, der keinerlei Versuch machte, sein Herz vor diesen Freunden zu verbergen. Er atmete tief auf. Sie traten indessen wieder hinaus, wo die Sonne sich schon zu neigen begann, so daß immer mehr von den Gärten und Zinnen in ihrem flutenden Golde versank.
Lärm, helles Gelächter, auch von Frauen, und eilige, laufende Schritte wurden über die Terrassen herauf hörbar. Ein Bube kam gesprungen, verneigte sich und sagte, die Herzogin mit etlichen Damen und Herren des Hofes käme bei einem Ballspiel durch die Gärten hier unten vorbei und wünsche die drei Herren, welche man schon erblickt, dabei zu sehen.
Sie gingen hinab.

Die Herzogin hatte das Spiel unterbrechen lassen und saß jetzt auf einer erhöhten Gartenbank aus Stein, die, halb von blauen Wicken überhangen, sich im Halbkreise hinzog. Der Hof stand, Herren und Damen, ihr zur Seite auf dem Platz mit gelbem Kies. Überall lagen die bunten

Bälle umher, rote, blaue, gelbe, und man trug Körbchen in den Händen, mit Bällen teils gefüllt; hineinzutreffen war die Geschicklichkeit des Spiels, und jede Partei hatte eine Farbe, die ungemischt bleiben sollte: so trachtete man die Bälle der eigenen Farbe zu fangen, die fremden zu vermeiden, welche der Widersacher arglistig und geschickt in den Korb warf.

»Hier kommen die Herren vom Drachentöter-Orden«, sagte Lidoine, während Ruy, Gamuret und Gauvain, jeder seinen Buben hinter sich, nacheinander vor sie hintraten und ihre Verbeugung zierlich aus der Hüfte drehten.

Die Bemerkung erregte bei allen Umstehenden Heiterkeit, welche man kaum zu verbergen suchte; sie lief als eine kleine Welle durch die ganze Versammlung. Lidoine lächelte auf des Fronauers mächtige Schultern herab, als dieser sich über ihre Hand beugte, und betrachtete dann dessen Knappen mit plötzlicher Aufmerksamkeit:

»Wie gern hätte ich«, sagte sie, »dich, Eric, zum Ritter schlagen lassen, da du ein Gleiches doch mannhaft ausgestanden hast wie unser Herr Gauvain. Aber mit vierzehn Jahren bist du leider für den weißen Gürtel doch noch zu jung. Nun, es wird werden. Vielleicht gelingt's dir, in das Geheimnis des Drachentöter-Ordens einzudringen, wenn du die Gunst genießest, bei den Versammlungen dieses Kapitels anwesend sein zu dürfen.«

Es kam wohl nicht so weit, daß irgendwer herauslachte, aber man spürte das Belustigtsein aller Damen und Herren geradezu aus dem Knistern der Kleider.

»Halten zu Gnaden«, sagte der Fronauer, und vielleicht ein wenig hart im Ton, »aber von uns hat keiner einen Drachen getötet ...«

»Unsere gnädige Frau hält uns für strenger und ernster, als wir sind«, so warf jetzt Herr Ruy lächelnd und leicht ein, »aber es ist beileibe kein Orden, der da gegründet wurde. Nur eine fröhliche Gesellschaft von Freunden, die gerne beisammen sind.«
»Das letzte scheint mir zu stimmen«, bemerkte die Herzogin. Sie lehnte sich für einige Augenblicke mit aufgestützten Handflächen und hohlem Kreuz auf die Steinbank zurück, die drei Männer betrachtend, die wie in einer geschlossenen Front nebeneinander vor ihr standen. »Euer gutes Einvernehmen bereitet mir rechte Freude, Ihr Herren!« fügte sie hinzu, und dann: »Jedoch würde ich allzugern um Euer Geheimnis wissen!«
»Welches ist das Geheimnis, das Euer Gnaden meinen?« sagte jetzt Herr Gauvain. Er hatte sich etwas vorgebeugt und sah beinahe erschrocken aus.
»Das Geheimnis, wie man Lindwürmer, wenn schon nicht tötet, so doch mit Sicherheit in die Flucht schlägt.«
Aber hier kam der kluge Herr Ruy nicht rechtzeitig mehr zum Reden – schon hatte der Fronauer das Wort beim Zipfel und sagte:
»Zu Gnaden – aber ich mein schier, diese Tiere mögen nicht gerne Männer von Eisen und Leder fressen. Das ist nicht ihr Geschmack.«
»Auch nicht der meine«, sagte Lidoine und maß den Fronauer von oben bis unten mit einem kurzen Blick, »wenngleich ich kein Lindwurm bin.«
Nun durften alle lachen und taten's beinah erleichtert.
»Zum Spiel!« rief Lidoine und sprang empor. »Herr Gauvain, hier, das Körbchen: Ihr nehmt gelb, meine Partei!«

Die bunten Bälle flogen in Unzahl hintereinander auf, wie eine farbige Wasserkunst. Keiner ward vom Boden genommen, man ließ die verworfenen liegen, Bediente trugen rückwärts reichlich Bedarf nach. Mit Gelächter, Laufen, Springen, Trippeln und Lärm zog sich das Spiel erst noch die äußeren Gärten entlang, wo man den eigenen Wurf kaum mehr sah, da alles in der Abendsonne schmolz. Dann ging's, durch einen langen, mit farbigen Ziegeln ausgelegten hallenden Gang, nach innen, der Wettkampf ergoß sich über die Rasenflächen, der Lauf wurde noch rascher, der Wurf noch weiter, das Lachen noch verstreuter, wie von Tauben da und dort hinterm Busch: aber es waren die Damen. Man kam zu Tischen, während es dämmerte; unter zahllosen Lichtern blinkte dunkel der Spiegel des Weins in der flachen Schale, glänzten feucht die Berge von Obst, rot und salzig die Schüsseln mit Krebsen. Als der Mond, all dem Lärm doch übermächtig, rund um das Fest die Wiesen und Lauben betrat, die Teiche erleuchtete, neu und auf andere Art der Gärten tiefes Auge aufschlagend, hatte sich die zahlreiche Gesellschaft schon vielfältig zerstreut. Gauvain erlebte im Trubel einen Händedruck der Herzogin, den sie nur mit heißen Fingern gab und durch Augenblicke heftig ansteigend: ihm wurde der Arm kalt bis in die Schulter, in welche das Herz sprang. Bald danach, im Mondschein an einer Hecke, streifte Ruy an ihm vorbei. »Mach's gut, Gauvain«, flüsterte er, »morgen werben wir. Und sieh dort hinüber, damit du nicht glaubest, es würden dir Opfer gebracht.« Und er wies mit einer raschen Bewegung des Kopfes auf die Ausmündung jenes Lindengangs, wo vor vielen Stunden Gauvain, von Angst und Hoffnung gepeinigt, zögernd neben den Marschall getreten war: dort stand jetzt der Fronauer, fast ganz im Dunkel, und küßte herzhaft. Es war eine große, rotblonde Dame, die, seine Zärtlichkeiten anscheinend gerne erwidernd, ihm in den Armen lag.

4

Am Tage nach dem Ballspiel schon standen Herr Ruy und Herr Gamuret vor dem Thronsessel der Herzogin im kahlen Saal von Weiß und Silber, jeder seinen Buben in den Hausfarben hinter sich. Der Spanier machte den Sprecher. Flüssig und wohlgeformt kamen die üblichen Sätze aus seinem Mund. Der Fronauer, schön gleich einem nordischen Apoll, sah dabei so trübselig und ratlos-feierlich drein wie die Bauern bei einer Kindsleiche.

Während Ruy in den leeren Raum vor dem Thronsessel hineinsprach – Lidoine hielt den Blick auf ihren Fußschemel gesenkt – fühlte er von rechts her, wo Fenster an Fenster hoch und breit den Blick in die Weite gab, sich seltsam klar angeschienen. Ein neuer Geschmack trat auf die sprechende Zunge. Das Auge wanderte gleichmäßig an zwei im Estrich ausgelegten Halbkreisen hin und her, roter Stein in grauem. Er sandte in währendem Vortrag einen Blick hinaus und erkannte, daß man aus diesen Fenstern hinübersah auf die Wälder von Montefal, woher er gekommen. Ein braun-grüner Streif der Ferne blieb in seinen Augenwinkeln auch noch, als er den Blick neuerdings den Figuren des Steinbodens folgen ließ.

Die Herzogin sagte das Übliche zur Antwort und daß Herr Gauvain guten Mutes sein möge, und mit solchen

letzten Worten waren nach der Sitte dieser späten höfischen Zeit Zustimmung und Einwilligung schon ausgedrückt. Herr Ruy brachte noch in einem vor, daß er Urlaub erbitte, um zu reiten, da der andere Werber, Herr Gamuret von Fronau, sich bereit erklärt habe, über die Hochzeit zu bleiben; was deshalb erforderlich war, weil einer der beiden Herren, welche die Werbung vortrugen, dann auch Brautführer zu sein hatte.
Die Herzogin warf dem freien Herren von Fronau einen kurzen und blanken Blick zu und dankte ihm.

In den Vorräumen gab es den Marschall nebst einigen Mitgliedern des Staatsrates, welche nun die herauskommenden Werber beglückwünschten. Die meisten Herren, auch der Fronauer, begaben sich zu dem Bräutigam. Nur Herr Ruy ging, von Patrik gefolgt, zurück zu seiner Behausung und zu dem Ruhebett unter dem Blätterdache.
Hier war Frieden. An den Säulen kletterten Blüten in dicken Dolden. Der warme Himmel fiel von überall her in großen und tiefen Stücken herein und wölbte drüben frei auf, über dem Horizonte.
Herr Ruy streckte sich und schloß die Augen. Wieder trat der Geschmack auf die Zunge wie dort im Saale, bitter und frisch, ein Geschmack von Kräutern, wie sie etwa in grünen, saftigen, von Bächen durchzogenen Talgründen wachsen. Unter den geschlossenen Augenlidern fühlte er gleichwohl eine Veränderung allen Lichtes rundum, als wär es dünner, aber auch reiner und glänzender. Montefal wurde ganz klein in diesem Scheine, der von außen an ihm leuchtete, es lag da wie ein Stein nur am Wege, den man verläßt.

Noch hatten Herr Ruy auf seinem Lager und Patrik in seinem großen Stuhle nicht lange geschlummert, als ein Kämmerer Lidoinens eintraf und Herrn Ruy meldete, daß die Herzogin ihn vor seinem Abritte noch besonders zu beurlauben wünsche.

So stand er denn an dem Tag, welcher dem Morgen seines Ausreitens voranging, noch einmal in dem Saale von Weiß und Silber, diesmal in einer Fensternische, und ihm gegenüber die Frau, welche einst eines großen Abenteuers Ziel hätte sein sollen, aber es nicht hatte werden können, da über dieses Abenteuer hinaus kein Ziel mehr wies. Während sie sprach – alles, was sie sprechen mußte, um eben das nicht zu sagen, was sie nicht aussprechen durfte – während sie davon sprach, daß ihrem Kanzler Auftrag gegeben sei, für Herrn Ruy ein Schreiben auszufertigen, welches ihm noch für das ganze herzogliche Gebiet, soweit sein Weg ihn hindurchführe, jede nur erdenkbare Hilfe all ihrer Bürger und Edelleute sichere – während solcher Reden hatte Herr Ruy den Blick drüben auf den Wäldern.

Sie lagen gegen den Himmelsrand, mit dem graugrünen Schaum der Laubkuppeln vornean, darin da und dort ein bräunliches warmes Leuchten stand, und dahinter, etwas erhoben, der dunkle Strich der Nadelbäume.

»Wohin wird Euch der Weg führen?« sagte Lidoine und sah hinaus. Es klang mehr wie das träumerische Aussprechen eigener Nachdenklichkeit als eine gestellte Frage.

Herr Ruy antwortete auch nicht sogleich.

Er sah zu den Wäldern hinüber, und ihm schien dahinten irgendwo ein Punkt zu sitzen, von welchem ein tiefgrünes Leuchten ausging, doch nur für einen Augenblick.

Über dem Kimm der waldigen Wellen spannte der Himmel wie blaue Seide. Die Luft schien völlig still und in ihr alles eingegossen wie in Glas.
»Ich kann's nicht wissen«, sagte er kurz.
Es wurde Herbst, das war's, nun wußte er's plötzlich. Dieses Herbsten war ihm seit Tagen bemerklich gewesen – soweit hier, in einem Lande, das südlichen Gärten glich, der Jahrzeitwechsel deutlich gefühlt werden konnte. Aber, blieben gleich die Dolden und Trauben von bunten Blüten in den Gärten, so war's das Licht, die Luft um sie, was sich zart und wie besonnen veränderte.
Zwei Edelknaben traten ein. Sie trugen zwischen sich auf einem Kissen ein langes, schlankes Schwert.
»Dies ist für Euch, Herr Ruy«, sagte Lidoine. »Führt es in Euern wohlbewährten Ehren und Eurer Tapferkeit. Und wenn Euer Auge auf dem Griffe ruht, dann gedenkt des Abenteuers, das Euch hierher gebracht hat.«
Sie nickte ihm zu, über ihr schmales Gesicht zuckte es kaum merklich, sie reichte ihm die Hand, und eh er noch aus dem Verbeugen sich wieder aufgerichtet hatte, ging sie von ihm fort und durch den Saal davon.
Ruy blieb in der Fensternische stehen. Er hob die Waffe von dem Kissen, das ihm die Buben darboten, und zog die Klinge aus dem Gehenk. Sie war von arabischer Arbeit, wohl das edelste, was er je in Händen gehalten. Im Kreuzgriff bemerkte er nun ein Stück von dem violenfarbenen Horn eingesetzt, das er dem Wurm vom Haupte geschlagen hatte. Und es war dieser kleine Teil von dem Drachenhorn seltsamerweise fast durchsichtig, so bearbeitet wie hier, eirund geschliffen wie eine Perle. Herr Ruy erhob den Griff gegen das Fenster und das

herbstliche Sonnenlicht. Im innersten Mittelpunkte des geschliffenen Horns, das nun einem blassen Mondsteine glich, leuchtete es durch einen Augenblick tiefgrün auf.

Am Morgen warteten im äußeren Hof bei der Brücke die Freunde, Herr Gamuret und Herr Gauvain, zum Abschied.

Schon führten die Knechte Reitpferde und Tragtiere auf und ab, und Patrik sah ernsthaft und umsichtig alles noch einmal nach, die Hufe, das Zaumzeug, Sättel und Packsättel. Herr Ruy kam über den Hof.

Es wurde ein klarer, warmer Tag.

Schon war die Zugbrücke herabgegangen. Unter dem mächtigen Bogen des Torturms von gelbem Mauerwerk lag noch ein Stück des sich wendenden weißen Straßenbandes draußen sichtbar, das grüne Land dahinter, dann der Himmelsrand, und über diesem etwas Dunst in der Ferne, worein die Umrisse einer, wie es schien, größeren Stadt schnitten.

Die Freunde umarmten einander.

Gamuret streichelte Patriks rötliches Haar: »Mach's recht, mein Bub, und dien ihm gut, deinem Herrn.«

Die Pferde traten herum, man schwang sich in die Sättel, Patrik hielt Ruy den Bügel und stieg dann rasch auf »Beaujeu«, die ihm Herr Gauvain geschenkt hatte.

Noch ein Händeschütteln, gebeugt aus dem unruhigen Sattel, noch ein Zuruf von Freund zu Freund, schon hallte der Bogen des Torturms vom Hufschlag. Herr Gauvain und Herr Gamuret zogen blank und schlugen die Klingen mit erhobenem Arm über den Köpfen zusammen. Das war ihr letzter Gruß. Als die Reiter aus

dem Tor draußen hervorgesprengt und jenseits der Brücke waren, brach hoch über ihnen, von allen vorderen Türmen her, ein rechtes Ungewitter aus den Trompeten und stürzte, atemlos schmetternd und unaufhörlich, als ein Katarakt ins Gehör der auf dem Hofe Zurückbleibenden: die Fanfare der freien Herren von Fanez, welche derberen Vorfahren einst zu so manchem Jagdvergnügen erklungen war. Das bedeutete nun der Herzogin letzten Gruß, denn die hatte es so befohlen.
Von weit draußen her, wo die flachen Windungen der Straße sich ins Land legten, kam die Antwort aus den silbernen Hörnern der Knechte: Sie nahmen die alte Weise jetzt auf.

Vor den Pferdeköpfen lag die Straße. Ihr Band schnitt in das Grün und Braun. Dahinter, seidig gespannt, wölbte der Himmel auf. In diesen schnitt der rote Strich der Stechstange, auf Ruys rechten Bügel gestemmt, nun wieder gleichmäßig in Bewegung, tickend hin und her, langsam im Schritt, rasch im Trabe. Buschwald hob sich links flach, dann Weide, Hecken, ein Giebel, ein Haus, ein Dorf.
Sie waren auch durch eine größere Stadt gekommen und dort in Herberge gegangen. Auf dem Rathaus, da eben ein Tanz stattfand, hatte man Herrn Ruy samt seinem Buben sehr herzlich und ehrenvoll willkommen geheißen, als er den Saal betrat. Der Bürgermeister selbst brachte ihm den Ehrentrunk in einem so geräumigen silbernen Becher, daß er fast einem Fäßchen glich. Und deshalb, weil er's nicht bezwingen konnte, gab Ruy den Trank an Patrik weiter, der links hinter ihm im Fest-

wämslein stand, das Ruys Farben hatte. Der kleine Engländer hob mit beiden Händen den Becher, in welchem sein ernstes Gesicht verschwand. Die Frauen und Mädchen der Stadt, deren Blicke sich bisher in gedeckter Weise auf Herrn Ruy versammelt hatten, sahen nun alle gerührt auf den Knappen, und jedermann lobte den höchst adeligen Anstand dieses künftigen Rittersmannes, welchen er zeigte, trotz des silbernen Fäßleins, das er nun vor sein helles Antlitz heben mußte. Es schien, als seien plötzlich alle in ihn verliebt. Man erfuhr dann auch durch Herrn Ruy, daß Patrik einst einer ganzen Grafschaft in seiner englischen Heimat werde vorstehen, also einem Gebiete, das etliche solcher Städte enthielte wie diese hier.

Die Trompeten bliesen im braunen Saal, der von Rot und Gold erfüllt war, und Herr Ruy trat den Reigen mit den Bürgermädchen, und Patrik wartete den schönen Bürgersfrauen auf und wurde am Ende mehr als einmal ans Herz gedrückt und sogar geküßt. Aber er blieb voll Ernst und Anstand und suchte stets mit den Augen seinen Herrn.

Und wieder lag vor den Pferdeköpfen die weiße Straße, und wieder stach, gleichsam tickend hin und her, die rote Stange in den blauen Himmel, der hoch aufbauschte mit weißen Wolkenfahnen. Ein Dorf stand am wendenden Weg, eine Burg saß über den Hügeln.

Immer wählte Herr Ruy, wenn ein Kreuzweg sich auftat, die linke Spur, und Patrik merkte wohl, daß sie auf solche Weise, nach anfänglichem Abweichen über die Stadt, nun näher und näher an das Gebiet der großen Wälder kamen.

Sie ritten eben über eine flache, moosige Heide mit

einzelnen Bäumen, als Herr Ruy ein langes Schweigen brach und sagte:
»Verstehst du es, Patrik, mit dem Bogen und Pfeil umzugehen?«
»Ja, Herr. Das kann bei uns daheim jeder.«
»Sieh dort den schmalen Baum!« sagte Ruy, und nach rückwärts zu den Knechten:»Heda, Bogen und Pfeil für den jungen Herrn. Ein scharfes Geschoß.«
Patrik übernahm die schon gespannte Waffe und ordnete den Pfeil auf der Sehne. Dann zielte er kurz, nicht länger, als er die Sehne zog. Der Pfeil zischte hinaus und schlug mit einem hallenden Geräusch in den Baum. Ein Knecht saß ab, lief hin und lockerte das Geschoß mit Hilfe seines Dolches wieder aus dem Holze. Der Mann sah die Spitze nach, und da er sie unverbogen und heil fand, warf er den Pfeil zu den übrigen in den Köcher am Sattel und spannte den Bogen ab.
»Du schießt gut«, sagte Ruy ernsthaft, »du wirst Vögel schießen müssen.«
»Das wird ein großer Spaß!« rief Patrik. »Bei uns daheim hat man die Bogen anders, wie dieser da ist, mit dem ich eben schoß.«
»Wie sehen denn eure aus?« fragte Ruy.
»Sie sind sechs Fuß lang und an den Enden nicht geschweift, sondern gerade. An jeder Spitze ist ein Horn, oben größer, unten kleiner.«
»Damit kann man aber nicht aus dem Sattel schießen.«
»Nein«, sagte Patrik. »Unsere Bogenschützen kämpfen auch zu Fuß. Sie haben vorlängst in einer großen Schlacht sogar die Ritter des Königs von Frankreich besiegt.«
»Ja«, sagte Ruy nachdenklich, »es war der Tag von

Crécy. In dieser Schlacht kämpfte auf Seite der französischen Herren sehr tapfer ein Ritter, der blind war. Er fiel. Dieser Ritter war ein König.«
»Ein König!« rief Patrik. »Und welchen Landes?«
»Vom Böhmerland«, sagte Ruy.
»Das ist weit von hier.«
»Ja. Er hieß König Johann. Sein Sohn trägt heute die Kaiserkrone.«
Patrik schien vor Staunen verstummt.
»Die Welt ist groß!« sagte er leise nach einer Weile.
»Ja, sie ist groß«, antwortete Ruy lächelnd und sah auf das Straßenband, das sich vor den Pferdeköpfen hinzog.

Patrik schien es bereits nach einigen Tagen, als hätte er in seinem Leben nie was anderes getan, denn in eine offene Ferne hineinzureiten, und als sollte das auch nicht mehr anders werden. Der nickende Kopf des Rosses, die helle Straße, der blaue Himmelsrand und die sich davor verändernden Formen der Landschaft, die Hügel auf Hügel, Wald, Berg und Heide von links und rechts her gleichmäßig wechselnd in den Blick führte – das alles war seinen Augen ein gewohntes Bett geworden, darin man bei offenen Lidern gelegentlich auch schlief. Jene Unruhe, die er, seinen Jahren gemäß, oft empfunden hatte, schien verscheucht: dadurch daß er selbst sich nun in immerwährender Bewegung befand.
Es war eine geruhige Fahrt. Herr Ruy ritt als einer – und fühlte sich auch so – der alles wohlgeordnet hinter sich gelassen hat. Jeder saß dort in Montefal über dem Seinen, wie ein Essender über Tische bei seinem Teller.
Nur er war vom Tische aufgestanden.
Der Wind sprang aus dem blauen, sonnigen Himmel,

zwischen den steil aufgezausten glockigen weißen Wolkenfahnen hervor, strich über die Gebüsche am Kimm eines Hügels und griff, sich legend, leicht in die Kronen einzelner freistehender Bäume hier oben.
Sie hielten. Ruy beugte sich im Sattel vor.
Dort drüben lag es wie eine dunklere, langhin laufende Wand, das Heideland begrenzend.
»Die Wälder«, sagte Patrik. Seine Augen waren blank geworden, wiesen einen tiefen, stahlblauen Schimmer. Er saß aufrecht im Sattel, das Kreuz war hohl.
»Die Wälder von Montefal«, antwortete Ruy.
Der Wind sprang neuerlich an, ließ das dreieckige Fähnlein an seiner Stange oben flattern.
Noch am selben Abend schlugen sie das Lager an einem Bache: er kam zwischen den ersten alten und knorrigen Randbäumen hervor, deren Äste weit hinaus über die Flur griffen. Das Feuer ward entzündet, als die Sonne, genau ihnen gegenüber, sich schräg über das Land setzte, alles und jedes in ihrem Glast verwebend, so daß der Ausblick schwand.
»Wir werden sie«, sagte Ruy, »beim Einreiten des Morgens vor uns, des Abends aber genau im Rücken haben: und damit den sicheren Weg, der uns jederzeit wieder aus dem Walde führen kann.«
Die Knechte, welche am Feuer hantierten und die Pferde absattelten, warfen lange Schatten. Zwischen die Bäume des Waldes schoben sich einzelne tiefrot erglühende Lichtbahnen. Die Sonne saß am Himmelsrande, über Hügeln, und der aufgebrannte Horizont stand klar und rein wie Lack.
»Herr«, sagte Patrik, der mit Ruy unter den Bäumen ging, nach einigem Zögern, »haltet Ihr nicht für möglich,

daß man jenes Untier, das hier in den Wäldern haust, am ehesten durch einen wohlgezielten Bogenschuß erlegen könnte, der ins Auge träfe?«
Ruys Antlitz verschloß sich, als fiele ein unsichtbares Visier darüber.
»Nein«, sagte er streng. »Es ist unsinnig, was du da sprichst, und hüte dich, dergleichen zu versuchen. Ich verbiete es dir, verstehst du wohl?«
»Ja, Herr, ich hab's verstanden«, sagte Patrik bescheiden.
»Hier schieße!« rief Ruy nach einer Weile, »und zeig, daß du treffen kannst, auch wenn es bereits dunkelt!«
Er wies auf einen breiten Ast, der aus dem Wald in die untergehende Sonne ragte. Nebeneinander und reglos saßen drei fette weiße Vögel. Patrik lief um den Bogen. Zwei Pfeile trafen. Erst das dritte Tier hob sich danach und flatterte langsam in den Wald.
»Gut so. Ein Abendessen!« lachte Herr Ruy und klopfte Patrik auf den Rücken.

Am Morgen räumten sie zeitig das Lager und ritten längs des Baches in den Wald ein. Der Weg war leicht und das Vorwärtskommen also gut. Sie hielten sich stets an der Wasserader, die, ohne ihre Richtung im Ganzen zu verändern, immer geradewegs aus dem Walde ihnen entgegenlief. Bald hatten sich die lichten Säulenhallen wieder ganz um die Reiter geschlossen: soweit der Blick, soweit die Stämme und das Grün und stellenweise ein geringes Unterholz. Patrik sah sich viel um während der ersten Stunden des Rittes – nach rechts, nach links, nach vorne und zurück. Aber der Wald drang von überall immer ganz gleich und unbewegt in sein Auge. Bald

gewöhnte sich dieses an die lichten, wandernden Bäume und fand sein geruhiges Bett darin, wie früher in der offenen Ferne.
Gemachsam ging die Reise. Der Bach erweiterte und sammelte sich da und dort: Weiher blinkten in den heißen blauen Himmel zwischen dem offenen Rund der Baumkronen, man wählte solche Plätze gern zum Lager, und die Knechte ritten mit abgesattelten Rossen rauschend ins Wasser, um sie zu schwemmen. Den Tragtieren, mit dem Hafer beladen wie immer, den man zuletzt noch erhandelt hatte, wurde ihre Last kaum leichter, die Weide war hier überall vortrefflich.

Am neunten Tage etwa befahl Herr Ruy, das Lager bequemer einzurichten. Sie spannten ein Zelt, und die Knechte schufen sogar Tisch, Bänke und Ruhebetten aus jungen Birkenstämmen, die hier ihre weißen Striche in den Wasserspiegel setzten.
Derweil streifte Herr Ruy, meist im leichten Jagdkleid, mit dem Buben erkundend durch die Wälder, zu Pferde oder auch zu Fuß. Am Bache aufwärts fanden sie den Wald bald etwas ansteigend, da und dort eine Fichte oder Rottanne zwischen den Laubbäumen.
Als dann der Lagerplatz bereits manche Annehmlichkeit bot, stellte Herr Ruy das Herumstreifen ein, blieb an Ort und Stelle und sah den Knechten zu, die neben dem Zelt, das nun fast einer geräumigen Hütte glich, eine Art Backofen errichteten, aus Steinen vom Bach und Weiher, so daß man den Mehlsack, welchen das eine Tragtier auf dem Rücken gehabt hatte, nun allmählich in ein Eßbares verwandeln konnte, wofür der Name Brotfladen etwa entsprechend gewesen wäre, freilich nur, wenn man

dabei ein Auge zudrückte. Patrik schoß Vögel, Beeren gab es auch, sie wuchsen hier sogar überaus groß, zudem Haselnüsse und Pilze. Der gewaltige Weinschlauch war, nebst weiterem Hafer, diesmal von dem »Destrier« getragen worden. Herr Ruy hatte vorgesorgt.

Aber nun war er anscheinend ohne Sorgen und lag auf dem Rücken, und ganz wie in Montefal stand neben seinem Ruhebett ein schwerer Stuhl, nur jetzt aus Birkenknüppeln, aber mit Kissen und Decke belegt, und in diesem Stuhl pflegte Patrik nach dem Schachspielen einzuschlafen, wobei sein rotblondes Köpfchen gegen die eine Lehne sank. Es war so still oft, daß er lange schlief und ihn etwa erst das Plantschen und Rauschen an dem Weiher erweckte, in welchen sein Herr sich geworfen hatte, um zu schwimmen, oder das plötzliche Schnauben der weidenden Rosse.

»Ihr besorgt nichts von dem Wurm?« fragte er einmal seinen Herrn.

»Nein«, sagte Ruy. »Seine Spuren sind nirgends im Laubwald anzutreffen. Darum erkundete ich die Gegend hier, und es erwies sich mir, was ich seit der ersten Fahrt schon wußte: das Reich des Drachen ist die bergige Mitte dieser Wälder.«

Über den Kronen stand der Himmelsraum heiß und blau, offener über der Fläche des Weihers, beschwankt von den sich leise regenden Wipfeln. Das Wild wechselte in geringer Weite durch den Wald, so lautlos wie die schräg einfallenden Sonnenstrahlen, wenn sie bei sich neigendem Tage von seitwärts zwischen die Bäume greifen.

Was ihr Herr hier wollte, das wußte weder Patrik, noch konnten die Knechte sich's deuten.

Der »Banier« schien zerstreut, abwesend, er sprach fast nichts. Über dem Schachbrett konnte er lange brüten bis zum nächsten Zug, und dieser erwies klar, daß seine Gedanken nicht bei den Feldern und Figuren gewesen waren. Herr Ruy lag oft stundenlang mit offenen Augen auf dem Rücken.

Jedoch eines Morgens sprang er mitten aus solcher Ruhe empor und befahl Roß und Rüstung. Die Knechte eilten. Und Patrik sattelte seine »Beaujeu«.

»Du bleibst hier, mit den Leuten, beim Lager. Wird es finster, dann laß von Weile zu Weile die Hörner blasen«, sagte Ruy.

Der Knabe gehorchte schweigend, das Stahlblau seiner Augen erlosch, und er war wie von Schmerz gebeugt, während er seinem Herrn den Bügel hielt. Dieser saß auf den »Destrier«. Etwas Brot und Fleisch war in die Satteltasche gesteckt, die Kürbisflasche mit Wein darangehängt worden. Herr Ruy ließ auch den Helm an den Sattel schnallen und ritt davon, den schwarzen Krauskopf unbedeckt, den leichten Kettenpanzer bis über die Brust herab geöffnet und die Stechstange nach seiner Gewohnheit auf den rechten Bügel gestemmt. Durch eine Weile noch sah man den roten Strich zwischen den Stämmen bachaufwärts wandern, hörte man den Huftritt des Pferdes. Dann wurde es ganz still. Patrik preßte die Hand vor seine Augen.

Nach einstündigem Ritt dauerte der Laubwald noch immer an, nur änderte sich die Art der Bäume, in der Nähe einer weiten Lichtung etwa, die sich wie eine Aue längs des Baches hinzog. Bis hierher war Ruy mit dem Buben schon gelangt. Ein bräunliches Leuchten stand

vor dem Himmel. Die Birken zeigten als die ersten den Herbst. Ihre weißen glatten Säulenreihen wurden hier für eine Strecke herrschend, eine silberne Harfe für die durchfallenden Sonnenstrahlen. Da und dort schaukelte ein Blatt in der Luft, und eines fand seine Ruhe gerade vor Herrn Ruy, in der schwarzen Mähne des Pferdes.
Der »Banier« ritt in der Tat ohne jedes Ziel hier durch den Wald, und was Patrik beim Abschied ahndungsvoll besorgt hatte, das lag ihm nicht im Sinne. Sein plötzlicher Aufbruch, sein Vertauschen des Stilliegens mit dem Reiten stellte nur zwei verschiedene Seiten eines gleichbleibenden traumhaften Zustandes dar, der ihn umfing, und jetzt im Sattel ebenso wie dort auf dem Ruhebett aus Birkenknüppeln. Er saß bequem, das schwere starke Pferd, dem dieser schlanke Mann kaum eine Last war, ging munter und runden Halses zwischen den Stämmen dahin.
Der Boden hauchte hier kräftig-süßen Duft, der dem reifenden Obstes verwandt schien; da und dort lag schon ein Strich gelber Blätter gestreut, die des Rosses breiter Huf in die Erde trat.
Ruy sah nicht auf den Weg; ihn suchte der trittsichere »Destrier« allein. Sein Blick lag immer voraus in die Höhe der hier so bunten Baumkronen erhoben. Wer ihn hätte sehen können, wie er da durch den lichtstehenden Wald ritt, dem wäre dieses Antlitz vielleicht als ein andächtiges erschienen. Jedoch war es nur geglättet und ruhig, weil verlassen von den Kräften, welche diese Züge einst gebildet und ihnen eine Richtung gewiesen hatten. Die Richtung gab jetzt der Bach, das Pferd, welches sich aus seiner Natur in dessen Nähe hielt, der offene Raum des Waldes, der gangbare Weg, die entgegenfallende

Sonne, die mit ihren warmen Strahlen Stämme, Blätter und Äste ebenso streifte wie den wandernden roten Strich der Stange auf dem Bügel oder das Antlitz des Reiters, dessen gelöste Züge in ihr glänzten.

Der Nadelwald setzte flach an, noch freier wurde der Weg. Das weiße und goldbraune Leuchten der Birken erlosch im Rücken. Zwischen den riesigen Stämmen dehnte sich der Boden wie glatter Estrich einer Halle. Da und dort stand einzelnes Buschwerk wie von inwärts durchglüht bei einfallenden Strahlen der Sonne; das Grün leuchtete tief. Immer noch lief der Bach nebenher. Sein Glucksen und Murmeln war jetzt deutlich hörbar. Die Steigung des Bodens nahm zu.

Ruy hielt, saß ab und ließ den Sattelgurt nach. An einer ebenen Stufe sammelte sich hier der Bach in einem Becken, darin jetzt mit den vorderen Hufen das Pferd stand und soff, während Ruy den Haferbeutel vom Sattel lockerte und herabnahm. Roß und Reiter genossen ihre Mahlzeit in guter Ruhe. Herr Ruy empfand bei alledem seine eigene Zerstreutheit wohltuend wie ein Bad. Er klopfte den feisten, glänzenden Hals des Pferdes und sah an den turmhohen Stämmen empor, zwischen den strahlig ineinandergreifenden Ästen hindurch in den weit dort oben blauenden Himmel, vor welchem sich letzte kleine Spitzen der Tannenzweige dunkel und schwindelnd abhoben. Der Gedanke an den Wurm, in dessen Bezirke er ja nunmehr eingeritten, ließ ihn ruhiger, als ihm selbst begreiflich war; ein solches Gefühl der Sicherheit konnte nicht nur aus der richtigen Überlegung kommen, daß der ungeheure und weithin hörbare Lärm des Tieres bei seiner Fortbewegung allein schon die Gefahr fast aufhob. Sondern Herr Ruy fand sich hier für die Vorstellung irgendeiner Bedrohung – und sei das welche immer – ganz unzugänglich und geborgener, als er je auf Montefal sich gefühlt hatte.

Nun aber, während er aß und trank, fiel ihm ein, daß es schon hoch am Tage sein müsse, und er versuchte nochmals, nach dem Stand der Sonne zu sehen. Während sein Kopf dabei im Genicke lag, lächelte er plötzlich. Er gedachte seiner Anordnung, heute bei einbrechender Finsternis im Lager die Hörner blasen zu lassen. Solche Finsternis stand eigentlich nicht zu erwarten, denn man hatte den vollsten Mond. Dies war ihm offenbar entgangen während der vorigen Nächte; und doch auch wieder nicht: denn er wußte es ja. Er stand und hob dem Pferde den fast geleerten Hafersack noch ein wenig und sah abwesend am Kopf des Tieres vorbei in den kleinen Wasserspiegel, von der recht verwunderlichen Vorstellung gestreift, der Mond müsse rein an ihm vorbeigeschienen haben, um solchermaßen übersehen worden zu sein. Diese Tage im Waldlager wurden ihm plötzlich ganz seltsame.

Vereinzelte Käfer oder Mücken summten zwischen den tief durchgeschwungenen unteren Ästen der Bäume. Der Bach, welcher sich hier nach rechts in einen Graben wandte, hatte dort zahlreiches Grün aufsprießen lassen, das jetzt, von einem durchs Geäst tastenden Sonnenstrahle berührt, wie ein Smaragd sich erleuchtete, den man vor eine Flamme hält.

Herr Ruy strammte mit Sorgfalt den Sattelgurt, saß wieder auf und zog das Schwert mit dem Drachenhorn im Knauf aus der Scheide. Denn er verließ jetzt den Bach, und so hieb er mit der Klinge von Baum zu Baum einen Flecken Rinde herunter, den Weg zu bezeichnen, welcher zur Beugung des Bachs und damit wieder zum Lager führte. Jedoch waren noch keine dreißig Bäume angeschlagen, als der Wald überraschend eine jener flachen mit Almgras bewachsenen Kuppen freigab. Von einem vorstehenden Randbaum entfernte Herr Ruy noch ein breites Stück der Borke. Das bloße Holz leuchtete weithin deutlich. Hier war auf dem Rückwege zwischen die Bäume einzureiten.

Er senkte das Schwert in die Scheide. Ein leichtes Verschieben der Schenkel: und vom Stande weg zog das Pferd in einem einzigen gleichmäßigen Galoppe die sanfte Steigung hinan bis zu dem runden Gipfel.

Ruy hielt in der Sonne, unter dem leise sich regenden dreieckigen Wimpel an der Stechstange oben. Während sein Blick, hin und her gewendet, über das Auf und Ab waldiger, grasiger und felszackiger Kuppen bis an den Himmelsrand lief, der auf die fernsten Erhebungen eine Art bläulichen Scheines legte – während dieses Schauens in eine plötzlich vor ihm entblößte Weite war es wieder ein Kleines, was ihn seltsam beschäftigte. Nämlich, daß über ihm der Wimpel an der Stange stand. Man hatte vergessen, ihn nach dem Beginn des Waldrittes zu bergen. Nun erst bemerkte es Herr Ruy, und er verwunderte sich darüber. Zum zweiten Male schon heute fanden die bescheidensten Dinge des Lebens wie in einer neuen Sprache zu ihm hin.

Er warf noch einen Blick über die beinahe vertraute Landschaft und ritt die Kuppe auf der anderen Seite hinab und gegen den Wald zu. Dieser senkte sich ein, in der Form eines schmalen Tales, das gradaus verlief und genau in jener Richtung weiter, aus welcher Herr Ruy kam. Der Rückweg war in keiner Weise verfehlbar. Der

Wald hatte hier dichteres Gebüsch und mehr niedriges Grün allenthalben wie auf der anderen Seite. In dem Gemisch von Laub- und Nadelholz, welches da stand, leuchteten herbstlich rot die Vogelbeerbäume, hingen die Berberitzen, und da oder dort, wo das Moos in braungrünen Flächen lag, lugten die breiten Hüte der Fliegenpilze. Herr Ruy brach durch die Dickung, das Gebüsch rauschte an den Bügeln, und dann ritt er zwischen den weit auseinanderstehenden Bäumen dahin in dem Tale, den runden Hals des Pferdes vor sich, überragt von der gemachsam bewegten Stange mit dem Fähnlein, den Blick wieder erhoben und verloren in den helleren und dunkleren Kronen.
Diese traten jetzt zurück. Eine Waldwiese öffnete sich längs des Talbodens.
Herr Ruy hielt an. Soweit das feuchte Grün lief, so weit sprenkelten es die Herbstzeitlosen. Hier wurde die kommende Jahrzeit wieder ganz offenbar. Jenseits und fern, wohl über dem Ende des Waldtals, hob sich ein Berg, staffelten Felstürme und Grate gegen den blauen, seidigen Himmel.
Ruy schloß und öffnete die Augen zweimal. Dann kniff er die Lider ein, um schärfer zu sehen. Aber es hätte dessen nicht bedurft. Die Bewegung auf dem Grate war für den Kundigen gegen das Himmelsblau nicht zu verkennen. Langsam verschob sich das, den Fels überwandernd, und verschwand dahinter in der Ferne, Zacken um Zacken.
Herr Ruy atmete tief. Als ergriffe den Heimgekehrten der Anblick vertrauten Hügelschwunges, so ihn, was er dort über dem Felsen sah. Er breitete die Arme aus, soweit Zügel und Stechstange es erlaubten, und tief sank

der Wimpel nach rechts. Seine Lippen öffneten sich, und nun geschah, was Herr Gamuret schon am Hofe von Montefal klug bemerkt hatte: der freie Herr von Fanez wußte manchmal Verse. Aber wenn die meisten seines Standes diese Kunst an eine schöne Frau zu wenden pflegten, so war diesmal der Gegenstand solchen Dichtens ein seltsam anderer: nämlich ein in der Ferne verschwindendes Untier. Er sprach vor sich hin, und wie aus einem Traume:

Da kriechst du wieder, wie das Schicksal selbst,
am Grund der Wälder und wie tief im Meere,
langsam und schweigsam und in deiner Schwere
dem Träumer eine ärgerliche Lehre,
und dem, der eitle Pläne wälzt.

Doch wer dich antritt ohne so zu wollen
und ohne heiß zu sein von Eitelkeiten,
dem wirst du einen tiefen Blick bereiten
in braune Waldesaugen, in den lebensvollen
Abgrund, in die eigne Mitte...

Von rückwärts fiel eine frische Stimme ein:

Mich freut's, den Herrn nach alter Rittersitte
beim Versemachen anzutreffen. Und zu zweien
läßt sich's noch besser dichten. Hört dies Lied:

Ruy wandte sich um, jedoch ganz ohne zu erschrecken. Es war der Spielmann. Er saß auf einem leichten Braunen, den bebilderten Köcher und den Bogen am Sattel, und sah Herrn Ruy aus seinen etwas schräggestellten Augen lustig an, während die rechte Hand über die

Saiten der großen Doppel-Laute ging, welche in seinen Armen lag: jetzt brauste das Spiel mächtig auf, wie Orgeln erfüllte es den Wald, und er sang:

Es zieht die Ferne,
es glüht die Nähe,
wie Edelstein schimmert des Waldes Grund.

Leicht sitzt die Klinge
die sausende – singe, o Leben,
Dein Summlied mir, o Geheimnis,
küsse im tiefen Wald meinen Mund.

Die frohen Fernen, härtere Herbste,
weitere Bahnen, des Mannes Leid,
gestreut im Lande, am Straßenbande,
die Burgen, die Dörfer weit.

Noch tönte das Lied, und es brausten gewaltig die Saiten. Jedoch der Sänger war verschwunden. Die letzte Strophe klang, sich entfernend, wie vom Waldrande drüben her:

Und Gefechte und Fahrten
und frohes Erwarten der hellen Trompeten
des Morgens frühe –
leicht geht die Hand, und nichts wird mir Mühe –
o gestreut im Lande, am Straßenbande,
die Hügel, die Wälder weit!

Nun schien es, als könnte Herr Ruy den Sänger wieder sehen, für einige Augenblicke: er ritt am linken Rand der Lichtung im Schatten der Bäume. Doch war es jetzt so, als spiele der Reiter dort drüben nicht mehr die Laute,

vielmehr schien er eine Fiedel zu streichen, deren durchdringend süßer Ton aufjauchzte und erstarb. Er saß herumgewendet im Sattel und sah auf Herrn Ruy herüber. Dabei, durch den Glanz der schon schrägen Sonnenstrahlen auf der Lichtung und das Waldesdunkel, aus dem jener dort drüben blickte, wurde das Auge des Herüberschauenden selbst unsichtbar, und Herr Ruy sah nur für eines Gedankens Länge zwei leere Höhlen auf sich gerichtet.
Dann blieb es still.

Als hätte ein seltsam gelaunter Künstler sich darauf verlegt, hier in der Einsamkeit das Denkmal des letzten Mannes zu errichten, der fähig gewesen war, im tiefen Wald einen Drachen leibhaftig zu erblicken: so reglos hielt Herr Ruy am Rande der Waldwiese auf dem regungslosen Pferde.
Es war ein schönes Standbild, überragt von dem jetzt wieder senkrechten roten Strich der Stange mit dem Fähnlein obendran. Die Züge der Figur waren milde, geglättet und ruhig, der Blick leicht erhoben, etwa zu den einzelstehenden Bäumen am Bergkamme jenseits der Lichtung, welche dort, einander übersteigend, zu den Felsen emporwanderten und sich, trotz der Entfernung, mit feinem Geäst vor den rückwärtigen Himmeln abhoben. Die Haltung des Reiters am Rande der Waldwiese schien eine stolze, er saß aufrecht und etwas steil und steif im Sattel, und das paßte wohl zu dem rundgebogenen Hals des starken Pferdes. Hinter diesem Hals schimmerte in mattem Silber der Brustpanzer. Waren sie an sich schon etwas feierlich, Roß und Reiter, in dieser vollkommenen Stille und von den schrägen Strahlen der

Sonne umfaßt, die in den Wipfeln wob, so erhöhte sich solche strenge Pracht noch durch das Aufleuchten des purpurnen Zaumzeuges und der Zügel, die in der schön behandschuhten Hand unbeweglich lagen, und den grüngoldnen Glanz einer lang herabzipfelnden Satteldecke.

Das tiefe Schweigen dieser Wälder, worin ein Vogellaut nur selten konnte gehört werden, brachte deren eigene Stimme selbst herauf, zwischen den Stämmen und dem immer mehr von der Abendsonne vergoldeten Luftraume über dieser eingefaßten Wiese mit den violenfarbenen Tupfen der Herbstzeitlosen, unter den rückwärts über den Wald staffelnden Felsgraten, die jetzt einen leuchtend an sie gelegten Abendschein in unbestimmte Fernen hinausspiegelten: es war diese eigene Stimme des Waldes nicht ein schaukelndes und fallendes Blatt, nicht ein Rascheln im Gebüsch oder der zarte und hurtige Lauf eines Eichhörnchens an einem Stamme. Eher schon, daß der Boden selbst atmete und lebte oder das immerwährende Einsickern des Himmelslichtes zwischen den Wipfeln hörbar ward, und darüber hinaus höchstens noch das Wispern ganz merkwürdiger und kaum sichtbar zarter Geschöpfe, die unter einem Fliegenpilz in guter Ruh' und in dessen längerwerdendem Schatten saßen, die Händchen über dem Bauch gefaltet.

Solche waren es, deren Blicke allein, glaszart und von überallher kommend, auf dem einsamen Standbild an der Waldlichtung ruhten. Sie sahen auch ein leichtes Lächeln, welches als einzige Bewegung während einer vergehenden halben Stunde über die geglätteten Züge der Figur spielte. Es galt aber dieses Lächeln dem edelfesten Freunde Gamuret, freiem Herrn zu Fronau, Pfleger zu

Orth und Herrn von Weiteneck, und seiner Frage, wie eine schwere Fahrt denn am End' noch ihre Vernunft bekommen solle, wenn man den Preis nicht nähme.
Das war nun alles, was während der ganzen Zeit geschah und sich regte, außer einer allmählichen Abwandlung des Lichts in den röteren abendlichen Schein, der flach am Boden ging und zwischen die Stämme hinein in breiten Bändern und das Innere von Gebüschen zu grünglühenden Grotten machte und etwas höher noch, an einem Vogelbeerbaume, ein rotes Büschel der herbstlichen Früchte leuchten ließ.
Der »Destrier« hob die rechte Vorderhand, stampfte mit dem breiten Huf einmal dumpf auf und scharrte.
Als er's zweimal getan und sein Herr dessen nicht achtete, wandte sich das große Pferd in die Richtung, aus der man gekommen war, und schritt aus.
Herr Ruys Hände blieben unbeweglich.
Langsam ging das Roß durch die beginnende Dämmerung des Tales, brach am Ende durchs Gebüsch, das an den Bügeln rauschte, und begann, den Waldrand hinter sich lassend, die flache, mit dem Almgras bewachsene Kuppe zu ersteigen. Man ritt jetzt geradewegs in die sinkende Sonne hinein, und der aufbrennende Horizont warf die Wälder in tiefe Tinte. Dem Abendbrand gegenüber aber war schon der Mond in den Himmel gerückt und schwebte glasig und fett über der rückwärtigen Ferne, mit seinem Licht, das allenthalben in die Täler sank, jedwede Tiefe als Schatten hervorhebend.
Als ritte er einem feierlichen Leichenzuge voran, der sich hier im doppelten Licht des schwindenden und des steigenden Gestirns hinter ihm ordnete, so zog Herr Ruy langsam über die Kuppe, deren Gras im Mondschein wie

dünnes Haar glänzte. Es war aber dieser Zug hinter ihm ein reicher und vielfältiger: der silberne Schein von Rüstungen schmolz flüssig im Mondlicht über dem fettigen Glänzen des Brokates, dem scheuen Lichte der Seide. Sie alle mit ihren Fähnlein an den Stangen. Sie alle mit ihren Damen, deren Lieblichkeit gehöht ward durch den Mond. Auch die bunten bräunlichen Feinde aus dem Heiligen Land ritten mit im Zuge, mit Turban und Bogen, und sie sahen dabei dem Spielmann ähnlich. Aber Spielleute waren viele im Zuge, da und dort rauschte ein Lied auf, lachten die Damen, applaudierten die Herren, und jedes Liedes Aufsteigen war, als zeigte man es noch einmal her, als erinnerten sich dabei alle und wüßten, daß es nicht mehr sein würde. An manch einer Schläfe unter der Haube von Spitzen und Gold legte sich das blauschwarze, das blonde Haar, und die schönen Zelter zeigten im sanften Gang, wie sorgsam man sie für diese Damen von einstmals zugeritten hatte.

Auch Könige waren im Zuge, einer davon blind, und da er bei einem anderen König zu Gaste gewesen, als gerade ein Krieg ausbrach: so war dieser blinde Ritter mit im Heer seines Freundes geritten, keinem Zweck der Heerfahrt nachreitend, wohl aber dem leuchtenden und prunkvollen Gestirn der Ehre, das mit ungeheurem Glanz im Innern seiner erloschenen Augen aufgegangen schien.

Längst war Herr Ruy mit der Spitze des Zuges wieder in den Wald getaucht (aber die eigene Schwertmarke an der Borke des Baums hatte er nicht mehr beachtet, sondern der »Destrier« fand seinen Weg), als des bunten und vielfältigen Gefolges Mitte gerade im Mondlicht langsam die Kuppe überschritt: diese Mitte des Zuges bildeten die

Chimären. Ihr Erscheinen bedeutet allemal einen Wechsel der Zeiten, und so hatten sie sich denn hier wieder eingestellt, seltsame Gestalten, aus Ziege, Wolf, Löwe und Fledermaus vereinigt. Sie wandelten nicht ohne Würde lautlos dahin, beglänzt an Krallen, gespreiteten Flügeln, spitzem Ohre, hohem Halse. Und solchermaßen schritten sie auf der anderen Seite des Bergs wieder hinab und verschwanden im Walde, während es oben im Mondlicht auf der Kuppe noch reich strömte und nachwogte, alles mit dem bedächtigen Anstand, welcher so großem Anlasse geziemt. Doch fiel auch das oder jenes scherzhafte Wort unter den nachreitenden Damen und Herren über die chimärischen Ungeheuer: aber diese gingen ungerührt ihres Weges mit dem steifen Prunk ihrer seltengesehenen Pracht.
Im Walde hielt stützig das Wild, dem die Augen wie große schwarze Herzkirschen aus dem Kopfe traten, weil das Getier des Waldes alles Geistige leibhaft sieht. Dem vorbeiziehenden Pompe folgte auch mancher kluge und wissende Blick winziger Wesen, zwischen den Wurzeln der Bäume hervor spitzen Gesichts, oder von den Ästen herab, wo sie, nachlässig mit kleinen Beinchen baumelnd, in einem Mondstreifen saßen.
Silberner Hörnerklang erhob sich leise begleitend, als nun der breite Trauerzug Birkenwald und Aue betrat. Vorne glänzten unter des »Destriers« Hufen die gefallenen feuchten Blätter wie metallene Scheibchen. Herr Ruy saß aufrecht im Sattel, seine Haltung war stolz und abweisend. So ritt er, während jetzt die Hörner wieder bliesen, eine Stunde später auf das weiche, gelbe Lecken der Flammen zwischen den hohen Stämmen zu und hielt beim Lagerplatze drei Schritte vor dem Feuer so reglos

wie früher im Walde. Sein Blick ging über Patrik, über die Knechte hinweg in die Baumkronen. Am glänzenden Hals des Pferdes, am Panzer, an der Spitze der Stechstange oben spielte das flackernde Licht.

Auch Patrik, wenngleich durch die glückliche Rückkunft seines Herrn aus wahren Qualen der Sorge erlöst, blieb zunächst wie erstarrt, so fremdartig wirkte die Erscheinung. Dann sprang er, und mit ihm die Knechte, herzu, man half Herrn Ruy aus dem Sattel und entledigte ihn der Rüstung. Er trank zwei Becher voll Weines hinab, der Knabe bereitete eilends das Lager, und sein Herr sank hin und schlief bis in den nächsten Vormittag.

Sie brachen sodann das Gezelt ab, um aus dem Walde zu reiten, und die Reise wurde jetzt eilig. Immer bachabwärts, des Abends der Sonne entgegen, die zwischen Laub und Stämmen glühte, gelangten sie nach kaum einer Woche schon zu ihrem einstmaligen Lagerplatz beim Austritt des Baches aus dem Walde, und das Feuer flackerte wie damals bei den ersten alten und knorrigen Randbäumen und an der gleichen, noch verkohlten Stelle.

Die Fahrt wandte sich von da ab zur linken Hand ins offene Land hinaus und hinab, bei sommerlicher Wärme, und diese schien an Glanz und Milde sich noch zu steigern in den sanften Talgründen, wohin man jetzt gelangte. Hier war vom Herbst noch kaum was zu spüren. Tiefgrün und leuchtend zog sich das hohe saftige Gras hin und bis unter die Bäume hinein und mit dem strengen und feinen Dufte eines hier allenthalben wachsenden Krautes an den Bächen entlang, von denen dieses Land vielfach durchzogen war; in ihrem Spiegel verdun-

kelte und vertiefte sich des Ufers Grün um einen Ton näher dem Schwarz und dem Braun vom Grunde des Wassers, welcher durch die Sonne herauftrat. Man ritt nun gemächlich. Herr Ruy schwieg und sah zur Seite des Wegs in das langsame und schlierige Fließen.
Eines Morgens näherten sie sich einer Mühle, wohl zur nächsten Dorfmark gehörend. Als sie jedoch auf der staubigen Straße vor das Haus kamen, zeigten sich dessen Fenster und Türen schwarz ausgebrannt, das Werk zerstört, die Ställe zertrümmert. Noch lag der scharfe Geruch des verkohlten Holzes in der Luft von dem Brand, den erst ein kürzlicher Regen unterbrochen und gelöscht haben mochte.
Schwarz gähnte das Innere der Mühlstube.
Weit drüben vor dem Himmelsrande stand Rauch.
Herr Ruy blieb halten und sah in das zerstörte Haus.
»Patrik«, sagte er dann, »du reitest nun mit den Knechten zu unserem Lager von gestern, beim letzten Dorf. Dort erwartet ihr mich.«
Der Knabe, unruhig, konnte die Mühe nicht verbergen, mit welcher er sich beherrschte. Seine großgeöffneten Augen lagen am Himmelsrand und auf der Rauchwolke, die sich dort erhob.
Ruy drängte sein Pferd dicht an das Patriks und drückte den Kopf des Knaben einen Augenblick lang an seine Schulter.
»Sei ruhig, mein Bub«, sagte er, »ich will's mit Vorsicht erkunden und bald wiederkommen. Unser vier sind dabei zu viele.« Und dann ließ er den »Destrier« fertigmachen und nahm die Waffen, Helm und Schild.
Einige Augenblicke hielten sie dort noch beisammen vor der Mühle, die Pferde traten unruhig herum. Als Ruy,

nach Patrik, auch den Knechten die Hand reichte, war ein blankes Erschrecken in allen drei Augenpaaren.
Des »Destriers« machtvoller Trabschritt ging auf der stäubenden Straße dahin.
Herr Ruy sah nicht links und rechts.
Er mußte gleichwohl wahrnehmen, daß die Dorfschaft, durch welche er nun kam, leer schien und ausgebrannt. Zerbrochener Hausrat war auf die Straße geworfen. Vor einer Steintreppe, die zum Hausgang emporführte, lag in der Sonne ein erschlagener Mann, dem bäuerlichen Kleide nach wohl von hier, und vielleicht vor seinem eigenen Hause getötet. Überall sah man die Spuren gewaltsamen Wütens, wie Raubgesindel sie zu hinterlassen pflegt. Der »Destrier« stieg über eines Spinnrads Trümmer, mitten im Wege.
Herr Ruy ritt rasch dahin in seinen vollen Waffen, der Rauchwolke entgegen.
Schon vom Eingang des Dorfes her sah er die wüsten Gesellen mit ihren Pferden auf dem Dorfplatze, wie sie die Bauern stießen und schlugen, während man Spinde und Truhen bei den Fenstern hinauswarf und den aufgebrochenen Inhalt durchwühlte.
Jetzt hatte man wohl den geharnischten Mann auf dem schweren Pferde bemerkt, denn flugs flog alles in die Sättel.
Herr Ruy nahm die Stechstange in die Beuge des Arms und den Schild hoch. »Montefal! Montefal!« tönte sein Schlachtruf. Als ritte er unter hellweißen, zerrissenen, im Winde knatternden Fahnen durch, so war's ihm beim Angriff. Jene Fahnen schlugen sich jetzt wie Spruchbänder rechts und links über ihm hin, und auf jedem stand ein Satz des einst geleisteten Gelübdes:

Den Bedrängten zu helfen...
Die Witwen und Waisen zu schützen...

Er verstand kaum den Sinn, es waren nur mehr Worte, Worte in goldenen Buchstaben, zur Not wiedererkannt.

Mit Wucht brach der scharf gespornte »Destrier« in den Feind. Zwei Pferde fielen, ein dritter Sattel war leer, erst den vierten Mann hob die Stechstange aus dem Sitz. Als schäumte alle Jugendkraft noch einmal auf in Herrn Ruy, um für immer zu zerstäuben, so trug ihn der Kampf, als, nach dem Splittern der roten Stange, der Herzogin von Montefal Degen mit dem Drachenhorn aus der Scheide fuhr. Die gebundenen Klingen rangen wild hin und her, als wollte man dem Gegner den Arm aus der Schulter drehen. Aber da die Bauern, nunmehr ermutigt, sich zusammenrotteten, vielleicht des Glaubens, es käme noch mehr Hilfe, sprengte plötzlich die ganze Horde davon und beim andern Ende des Dorfes hinaus. Herr Ruy wollte folgen. Jedoch zu seiner eigenen Verwunderung sank er rasch und weich rechter Hand vom Pferde, fühlte noch, daß jemand seinen Kopf hob, und die Kühle des Wassertrunks an den Lippen: aber schon sah er nichts mehr als ein tief leuchtendes Grün, stark wie die Sonne, auf dem braunen Grund eines letzten Ermattens.

Fine

Autobiographisches Nachwort

Die Dauer eines Lebens mißt sich nicht nur nach der Zahl der Jahre. »Wer lange lebt, hat viel erfahren«, sagt Mephistopheles; jedoch »lange« ist hier im Sinne der psychologischen, nicht der mathematischen Zeit zu verstehen; ein Leben von achtzig Jahren kann kurz gewesen sein, wenn zwischen Geburt und Tod nichts übergewaltiges Drittes getreten ist, das seine Pfeiler errichtete, die Brücke zwischen zwei Reichen stützend, aber auch teilend: ipso facto erscheint sie hiedurch länger. So gesehen, hatten unsere Väter und Großväter, deren Lebenshöhe etwa zwischen 1871 und 1914 lag, ein kurzes Leben; kein Einhieb von Epochen unterbrach die gesellschaftliche Kontinuität, die soziale Struktur. Daß es einmal ganz anders kommen und sein könne, wurde zur theoretischen Annahme ohne Anschaulichkeit. Sie wandelten jahrzehntelang auf der gleichen Hochfläche.

Der Verfasser dieser Zeilen, im Alter von 56 Jahren stehend, hat ein überaus langes Leben gehabt und auch eines solchen wesentliche Früchte zugeteilt bekommen: die mehrmals wiederholte Erfahrung des fundamentalen Unterschiedes zwischen der Vorderseite und der Rückansicht irgendeiner Sache; hiedurch die allmähliche Austrocknung des Sumpfes der Illusionen, die Mehrung zugleich des Schatzes an Desillusionen; die Relativierung von allem und jedem durch Vergleiche – man könnte auch sagen, durch das Überleben von Fall zu Fall – und so endlich das Zutagetreten jener Felsrippen metaphysischen Urgesteins, die nur derjenige auffindet, der durch Desillusionen das Verabsolutieren weit hinter sich gebracht hat. Denn auch die härteste Verabsolutierung ist nichts als der Versuch einer noch recht weichen geistigen Substanz, sich steif zu machen; und ihre Überzeugungen waren wohl große Hüte, jedoch auf einen kleinen

Kopf gesetzt: so flogen sie im Sturm der Zeit nacheinander davon. Weit hinter der letzten Verabsolutierung erst wird ein Terrain beginnen, das jeder Relativierung spottet. Und bis dahin halten wir von Überzeugungen gar nichts und verlangen den Erweis von Eigenschaften, in des Wortes wörtlichstem Verstande. Nur keine Belange! Keine »Anliegen«!

So sieht die Ernte des Verfassers aus, und er ist's zufrieden. Mit 19 Jahren trug er ein heute längst historisches Kostüm in lustigen roten und blauen Farben: die Uniform eines k. u. k. Dragoner-Offiziers. Mit 23 war er Holzknecht tief im sibirischen Urwald; mit 24 Drucker; mit 25 durchwanderte er die Kirgisen-Steppe zu Fuß; noch im gleichen Jahr wurde er Student der historischen Wissenschaften und Hilfswissenschaften zu Wien. Mit 29 lag auch das hinter ihm, und auch das Erscheinen seiner ersten Bücher: Kühlung des Ehrgeizes, Rückansicht des literarischen Lebens.

Dieses nahm indessen, obwohl bereits erstmals von rückwärts gesehen, seinen Fortgang. Geheimnisvoll genug: unsere wichtigsten Vehikel müssen, wenigstens bis zu einem gewissen Zeitpunkte, sogar der Desillusion widerstehen können.

Zwischen Geburt und den noch ausstehenden Tod waren damals immerhin schon mehrere tragende Pfeiler mit Vor- und Rückansicht eingebaut, als der Zweite Weltkrieg den Verfasser in die blaue Uniform eines Hauptmannes der Luftwaffe brachte. Aber die sechs Jahre dieses Dienstes in aller Herren Länder, davon eines als Kompaniechef an der russischen Front, waren doch gesammelte und sammelnde, ja, tief beschauliche. »Wer es versteht und den Weg weiß, der lebt auch in der Hölle behaglich«, sagt ein tibetanisches Sprichwort. Nicht vergebens hatte man eine Reihe von Mächten und Staaten hinter sich gebracht, mit eigenen Augen zwei Monarchien fallen gesehen (die österreichische und die russische), eine Republik (die erste österreichische) und zwei Diktaturen (die Koltschaks in Sibirien und jene des

Doktor Dollfuß zu Wien). Auf solcher Höhe der Desillusion war's unmöglich, direkt zu meinen, was da gemeint werden sollte und wollte, ja, etwa gar auf dieser Ebene irgend etwas anzustreben.
Denn schon war die für dieses Leben wichtigste Entdeckung in der Mechanik sowohl des Geistes als auch des äußeren Geschehens gemacht worden: die des indirekten Weges; die des lebensgemäßen Denkens, sehr zum Unterschiede von den immer erneut rundum praktizierten Versuchen, denkensgemäß zu leben, die allesamt verurteilt waren, im Doktrinarismus, im Reformertum und schließlich im totalen Staate zu enden; zuletzt im »Spital zum Deutschen Geist«, gegen dessen Chefärzte der alte Prokrustes ein Waisenknabe gewesen sein dürfte. Schon war entdeckt, für wieviel wichtiger gehalten werden muß, zu sehen, was ist, als festzustellen, was sein soll; denn, erstens ist dieses so allgemein nur als Verabsolutierung möglich; zweitens aber führt es zur Apperzeptions-Verweigerung (dessen was ist nämlich), also zu jener verheerenden Form der modernen Dummheit, welche heute bereits die Verständigung über die einfachsten Dinge glatt unmöglich macht: vermittels der sogenannten Gesinnungen.
Vom Sehen sagt Aristoteles, daß wir es auch dann gerne üben würden, wenn es zu gar nichts nützte. Das reine Denken ist nun das beste Beispiel für eine höchst intensive, aber doch vollends zwecklose Anspannung und Anstrengung: denn nur ein einziger Tropfen Zwecköles würde eine Tonne solchen Geistesfluidums bereits trüben. Das wirkliche Denken wird nie aufs Handeln sich richten; es ist keine Vorstufe des Handelns und hat nicht darin seine direkte Verlängerung. Vielmehr wirkt es auf den Denkenden selbst; und lange genug geübt, verändert es dessen Sein, lockert dieses aus den charakteriellen Fesseln und ermöglicht so auch bei einer ganz spontanen Reaktion den Durchbruch des Beispielmäßigen. Operari sequitur esse. Das Handeln kommt aus dem Sein: nicht aus dem Denken. Und das

Grundgesetz aller Mechanik des Geistes ist der indirekte Weg.

Dies erkannt, wurde dem Verfasser bald jegliche »Stoffwahl« als Schriftsteller wegen ihrer Direktheit unmöglich, und damit war auch sein Ausscheiden aus jeder wie immer gearteten literarischen Industrie besiegelt.

Denn, was dem erzählerischen Zustand zugrunde liegt, ist nichts Geringeres als der Tod einer Sache, nämlich der jeweilig in Rede stehenden, die ganz gestorben, voll vergessen und vergangen sein muß, um wieder auferstehen zu können. Das Grab der Jahre hat sie von allen Wünschbarkeiten und Sinngebungen gereinigt, die sie entlangspalieren mußte, solang sie lebte. Damit allein, mit dem vollständigen Absterben und Gleichgültigwerden eines ganzen Komplexes, ist die Gewähr gegeben, daß jede vernünftige, wägende, schätzende Beziehung dazu endgültig durchschnitten wird und daß wir nicht mehr die Ereignisse entlang in ihre vermeintliche oder sollende Fluß- und Zielrichtung blicken. An solchem Faden werden wir das einmal aus unserem aktuellen Leben Abgeschiedene nicht mehr aus der Tiefe der Zeiten heraufzuziehen vermögen. Damit aber, mit dem Ausscheiden der Möglichkeit, den »Stoff« aus irgendwelchen rationalen oder gar rationellen Motiven zu wählen und zu ergreifen, damit, daß jener sich außerhalb der Reichweite solchen Zugriffs befindet: damit ist seine spontane, freisteigende Wiederkehr ermöglicht, sein Wiedererscheinen auf einer neuen und anderen Ebene: auf der sprachlichen. »Ecrire, c'est la grammaire, révélée par un souvenir en choc.« So formulierte es der Verfasser dieser Zeilen einst in französischer Sprache, weil er sich gerade in Frankreich befand. (»Schreiben ist die Entschleierung der Grammatik durch ein schlagartig eintreffendes Erinnern.«) Wiederkehren kann nur, was vergangen war, wirklich vergangen war nur, was solchermaßen spontan wiedergekehrt ist. Die Gegenwart des Schriftstellers ist seine wiedergekehrte Vergangenheit; er ist ein Aug', dem erst sehenswert erscheint, was in die wirkliche Distanz rückt. Der »Zeitroman« ist keine zeitnahe Literatur, sondern überhaupt keine: Zeitung zwischen Buchdeckeln. Aber auch das ineinander gesunkene und verschobene Gemäuer in der braunen Tiefe der Jahre dort unten ist dem Schriftsteller kein Steinbruch, wo er hingeht, Baustoff zu holen (und in der Verlängerung wird hier der »Historische Roman« sichtbar und vom Verfasser ebenso entschieden abgelehnt wie der »Zeitroman«). Sondern von selbst wird plötzlich ein Teil aufleuchten wie ein von innen erhellter Smaragd, grünglühend, und jedesmal wird gerade dieser Teil als eine Hauptsache erkannt werden, die rätselhafterweise lange und ganz in Vergessenheit geraten war.

Das zuletzt Vorgebrachte ist nichts anderes als die Entstehungsgeschichte des Romanes »Die Strudlhofstiege oder Melzer und die Tiefe der Jahre« in abgekürzter Form: was nämlich die geistesmechanischen Substruktionen betrifft. Das Literarisch-Technische versteht sich freilich immer von selbst. Aber es kann ohne jede Substruktionen passieren – und wir haben solche Fälle –, daß einer seinen hochentwikkelten Mitteln nach ein Künstler geworden, dabei seinem geistigen Unterbaue nach durchaus ein Dilettant geblieben ist.

Der Verfasser dieser Zeilen, noch immer den Mitteln der naturalistischen Technik verhaftet – wenn auch nicht den diversen »Gesinnungen« des Naturalismus –, hält diese Technik nur dort für beherrscht und erfüllt, wo einer, in ein erfundenes Gewand schlüpfend, bei wirklichen Ärmeln herauskommt. Am Erscheinungstage des Romanes »Ein Mord den jeder begeht« (15. Oktober 1938) passierte in Düsseldorf genau der gleiche seltene und auf etwas komplizierte Art zustande gekommene Unfall, mit dem jenes Buch schließt: das Pressefoto, welches damals durch die Blätter lief, zeigte einfach des Romanes Schlußbild, auf dem auch ein Rettungsmann nicht fehlte, der dort vorkommt. Der Verfasser buchte das allen Ernstes als Erfolg und hielt sein Werk auch in jenen erfundenen Teilen für verifiziert, für deren Lebens-

gemäßheit kein so handfester Erweis erbracht war wie für das Schlußkapitel.
Denn dieses eine kann zweifellos nur der naturalistische Roman leisten, der sich jener Ingredienzien bedient, die unser Alltag bietet: den ganzen Schrecken oder Klimbim gewichtlos zu machen, ihn zum Schweben zu bringen und schließlich die immer gleichen Wände, welche uns da umschließen, in Fenster umzuschaffen, durch die wir hinausschauen, während die Transzendenz – erweislich, wegen des ganz trivialen Rahmens – hereinscheint.
Es hat dies alles freilich den Verfasser nicht vermocht, seine Prinzipien zu verabsolutieren. Ist er auch im Punkte des Zeitromanes und des historischen Romanes recht unzugänglich geblieben, so hat er doch schon aus anderem Materiale gebaut als jenem, das für uns täglich auf der Straße liegt: nämlich aus dem Zeitstoffe des österreichischen Barocks. »Ein Umweg« stellt zwar keinen historischen Roman vor, sondern nur die Lebensgeschichte erfundener und für den Geschichtsverlauf gänzlich bedeutungsloser Menschen jener Tage: immerhin ist es ein uns fremdes Inventar, ein historischer Fundus, der hier in Erscheinung tritt. Einen zweiten derartigen Fall – und zugleich einen von unleugbarem »escapism« – stellt die vorliegende Geschichte »Das letzte Abenteuer« dar, welche ganz offenkundig zum Ritt ins romantische Land einlädt; und warum sollte dies nicht auch einmal sein dürfen . . . ? Sie will ja nichts lehren, weder Geschichte noch Gesinnung, die heitere Kunst der Erzählung; und, wer weiß, vielleicht kommen wir auch hier in irgendeiner Weise bei wirklichen Ärmeln heraus.

Heimito von Doderer

Anläßlich einer Neuauflage im Jahr 1981 wurde der 1953 zuerst in der Universal-Bibliothek gedruckte Text noch einmal mit dem Originalmanuskript in der Wiener Stadtbibliothek und dem als Druckvorlage seinerzeit dienenden Typoskript in dem Doderer-Nachlaß der Österreichischen Nationalbibliothek verglichen. Wendelin Schmidt-Dengler, der hierbei freundliche Unterstützung leistete, schrieb auf Wunsch des Verlags auch das folgende neue Nachwort.

Nachwort

»Morgen ist mein vierzigster Geburtstag. Ich komme plötzlich auf den Einfall, es könnte mir meine gute Mutter aus diesem Anlasse eine moralische Epistel – wegen meiner Erwerbslosigkeit und dergleichen – schreiben. Hoffentlich tut sie das nicht.« Dies notierte Heimito von Doderer in seinem Tagebuch am 4. September 1936. Am Vortag hatte er seine Erzählung *Das letzte Abenteuer* begonnen. Am 7. September bringt er in dieser Erzählung über den Helden Ruy de Fanez folgendes zu Papier: »Man war nun ein Mann von vierzig Jahren, und dieses Alter ist ein in gewisser Hinsicht geheimnisvolles, sonderlich wenn einer noch nirgends sich festgelegt, noch nirgends den Kahn endgültig angebunden hat. Man war ein Mann von vierzig Jahren, der selten durch längere Zeit an einem Orte gelebt und also auch kaum Freunde erworben hatte. [...] Man war allein« (S. 7). Die Diagnose, die Ruy gestellt wird, ist eine Selbstdiagnose. Nicht nur in bezug auf das erreichte Lebensalter: auch Doderer hatte sich nicht »festgelegt«, hatte keine sichere Existenzgrundlage; eben hatte er einen Ortswechsel von einschneidender Bedeutung vollzogen. Er lebte seit Anfang August 1936 in Dachau, teils um in den Genuß von Renditen aus den Papieren der Mutter zu kommen, teils in der – zunächst trügerischen – Hoffnung, im »Reich« schneller als in Wien einen Verleger für bereits verfaßte Arbeiten zu finden. Unsicherheit und Resignation gefährdeten jedoch unmittelbar nach der Übersiedlung jegliche Tätigkeit. Mehr denn zuvor sah sich der Autor auf sich selbst verwiesen: »Man war allein.«

In den dreißiger Jahren war Doderer als Schriftsteller so gut wie unbekannt. Zwar hatte er mit einigen Erzählungen, dem Roman *Das Geheimnis des Reichs* (1930) und dem dem Lehrer gewidmeten Essay *Der Fall Gütersloh* (1930) auf sich aufmerksam gemacht, ein nachhaltiger Erfolg wollte sich nicht einstellen. Zu der beruflichen Krise kam eine schwere private Krise – die Trennung von der ersten Frau. Die meisten, die wie Doderer dem Großbürgertum entstammten, konnten in diesem Alter ihre berufliche Karriere als gesichert betrachten, während der Autor sich weiterhin auf die Unterstützung der Eltern angewiesen sah, deren wohlmeinenden Ratschlägen er sich zuvor verweigert hatte. Diese tiefe Unsicherheit führte auch 1933 zum Beitritt in die in Österreich illegale Nationalsozialistische Partei, der er aber nach dem Anschluß seines Vaterlandes 1938 nicht mehr angehörte: die Erfahrungen in Dachau hatten ihn eines Besseren belehrt.

Das große Romankonzept *Die Dämonen* (fertiggestellt 1956), an dem Doderer seit 1930 arbeitete, kam auch nicht recht voran. Er unterbrach die Arbeit an diesem Buch, um systematisch auf dem Umweg über andere Schriften eine neue Grundlage für diesen Roman zu finden, der zu einem Gemälde der Wiener Gesellschaft der zwanziger Jahre werden und die Identitätskrisen der Republik paradigmatisch vorführen sollte. In dieser Zwischenphase entsteht *Das letzte Abenteuer*, ein Projekt, das Doderer bereits zweimal zuvor in Angriff genommen hatte. Zuerst beschäftigte ihn diese Erzählung aus dem Spätmittelalter im Jahre 1917, und zwar während seiner Kriegsgefangenschaft in Sibirien (1916–20); er hatte dort den Entschluß gefaßt, Schriftsteller zu werden. Nach der Rückkehr in das Wiener Elternhaus versuchte er mit Hartnäckigkeit, diesen Entschluß in die Tat umzusetzen. Aus den frühen zwanziger Jahren sind auch einige Verweise auf diese Erzählung unter dem Arbeitstitel *Fanez (Montefal)* erhalten, die jedoch keinen nachvollziehbaren Eindruck einer Gesamtkonzeption zulassen. Das Lied des Spielmanns (S. 15f. und S. 82f.) entstammt in jedem Falle dieser Periode.

Erst 1936 schien die Zeit reif für diesen Plan. Die Arbeit ging regelmäßig vonstatten, und in zwei Monaten (vom 3. September bis zum 7. November) wurde die Erzählung zur

Gänze niedergeschrieben. Ursprünglich war sie als *Divertimento N° VII* konzipiert. Unter einem »Divertimento« verstand Doderer eine heitere kurze Erzählung, die, für den Vortrag bestimmt, die Lesedauer von vierzig Minuten nicht überschreiten sollte. In Analogie zur Musik heißen die einzelnen Abschnitte »Sätze«, deren vier für jedes Divertimento vorgesehen sind. Sechs solcher *Divertimenti* hatte Doderer von 1924 bis 1926 geschrieben; diese sechs wurden erst postum 1972 in dem Sammelband *Die Erzählungen* geschlossen in der vorgesehenen Reihenfolge veröffentlicht. Der Roman aus dem russischen Bürgerkrieg *Das Geheimnis des Reichs* hätte das siebente Divertimento abgeben sollen, allerdings überwucherte der Stoff die strenge Konzeption. So wurde *Das letzte Abenteuer* als das siebente Divertimento gezählt. Doch floß in diese Erzählung viel Unvorhergesehenes ein, so daß der ursprünglich geplante Umfang auch weit überschritten wurde. Bei einer Leseprobe notierte Doderer pedantisch als Vortragsdauer statt der vorgesehenen vierzig Minuten etwa zweidreiviertel Stunden. Zudem war er sich bewußt, wie stark lyrische Einschläge, »nach der Natur« entworfene Bilder die narrativen Sequenzen unterbrachen. Zweifel an der Form des Divertimentos begleiten auch die Aufzeichnungen während der Arbeitszeit. Zuletzt tilgte Doderer den Untertitel *Divertimento N° VII* und ersetzte ihn in der Handschrift durch *Ein Ritter-Roman.* Erhalten blieb die Vier-Satz-Form, wobei für den zweiten »tenuto« und für den dritten »scherzando« als Satzbezeichnungen überliefert sind. Für den ersten und letzten sind diese nicht erhalten. (Doderer hatte es mit der Siebenzahl: Das siebente Divertimento gelang ihm seiner Meinung nach erst im dritten Anlauf mit der 1951 geschriebenen Erzählung *Die Posaunen von Jericho.*)

Am 5. November 1936 bekannte Doderer, daß *Das letzte Abenteuer* »sehr autobiographisch ausgefallen sei« und als »Description von einem jener zahllosen Abschiede, die man genommen hat«, gelten könne. Der unbefangene Leser wird dies kaum vermuten. In den Romanen *Die Strudlhofstiege* (1951), *Die Dämonen* (1956), ja selbst im *Roman N° 7: Die Wasserfälle von Slunj* (1963) und in der Groteske *Die Merowinger* (1962) sind diese Bezüge viel deutlicher spürbar. Auch der unmittelbar nach dem *Letzten Abenteuer* geschriebene Roman *Ein Mord den jeder begeht* macht die autobiographischen Elemente besser kenntlich. Selbst in dem 1953 abgefaßten Nachwort hat Doderer auch mit Hinweisen in diese Richtung gespart und einbekannt, daß es sich um einen »Fall [. . .] von unleugbarem ›escapism‹« (S. 98) handelt. Die Erzählung lade ein »zum Ritt ins romantische Land« – ganz im Gegensatz zu Doderers sonstiger Praxis, seine Texte mit exakten Daten zu versehen und in der Zeit vor und nach dem Ersten Weltkrieg vorwiegend in Wien anzusiedeln. Das historische Substrat teilt *Das letzte Abenteuer* lediglich mit dem in der Barockzeit spielenden Roman *Ein Umweg* (1934 fertiggestellt; 1940 veröffentlicht).

Doderers Geschichtsstudium, das er im Vergleich zur schriftstellerischen Praxis für sekundär erachtete, hängt eng mit der im *Letzten Abenteuer* dargestellten Epoche zusammen. Mit seiner Dissertation *Zur bürgerlichen Geschichtsschreibung in Wien während des 15. Jahrhunderts* promovierte der Autor 1925. Eine darin behandelte Chronik berichtet von einem gewissen Gamuret Fronauer, der um 1460 in den Wirren des Bruderzwistes zwischen Kaiser Friedrich III. und dem in Wien und Niederösterreich herrschenden Herzog Albrecht VI. auf eigene Faust Politik machte, bürgerkriegsähnliche Unruhen anstiftete und mit dem Kaiser schwere Händel bekam. Nach dem Tod Albrechts VI. (1463) verschwindet Gamuret aus den Chroniken. Daraus könnte sich eine Datierung der Handlungszeit ergeben, stünde dem nicht die Bemerkung Ruys entgegen, daß König Johann von Böhmen »vorlängst« in der Schlacht bei Crécy (1346) gefallen und sein Sohn (Karl IV., 1346–78) nun die Kaiserkrone trage (S. 71). Also klaffen die beiden Möglichkeiten der Datierung etwa ein Jahrhundert auseinander.

Das ist jedoch nicht als Lapsus des auf Chronologie sonst peinlich bedachten Autors zu werten. Es kommt offenbar nicht auf die exakte Fixierung des Geschehens im historischen Kontinuum an, die Erzählung will nicht als historische verstanden werden, mochte dieser Formtyp auch in den dreißiger Jahren auf dem Buchmarkt Hochkonjunktur verzeichnen. Die Figur des Gamuret ist historisch belegt, wenngleich kaum Anspielungen auf seine Identität vorhanden sind: man merkt nur, daß er es faustdick hinter den Ohren haben muß wie sein tatsächliches Vorbild. Spekulationen, Gamuret mit dem Vater des Parsifal in Verbindung zu bringen, erweisen sich somit als müßig. Indes verweisen Namen wie Gauvain, Lidoine und Montefal, ja auch Ruy de Fanez eher auf den Bereich des höfischen Versepos. Der Drachenkampf vollends unterstreicht diesen Bezug; allerdings bedeutet der Drache mehr als eine bloße Reverenz vor diesem Genre oder gar dessen ironische Kontrafaktur. Gewiß ist die Handlungszeit – trotz der signifikanten Disparität in der Chronologie – in jedem Falle gedacht als eine Epoche des Übergangs. Die Aventüre des Drachenkampfes, von »dem bereits sinkenden Stande noch immer für angemessen gehalten« (S. 6), erweist sich als antiquierte Prüfung der Tapferkeit, und die Werbung um Lidoine hat ihren Sinn nicht mehr. Kennzeichnend ist das Scheitern im Kampf gegen das Ungetüm und der von Ruy und Gamuret als Befreiung empfundene Verzicht auf die Werbung. Zudem ist Lidoine alles andere denn eine positive Heldin; sie ist die hinterlistige Versucherin, die mit einer perfiden Frage den aufrechten Fronauer hineinzulegen versucht.
Berichte über das Wesen und Vorkommen von Drachen und drachenähnlichen Tieren hatten Doderer fasziniert. Ab 1927 wurden zahlreiche Exzerpte zur Drachenkunde angefertigt; einige populärwissenschaftliche Abhandlungen zu diesem Thema stammen aus der Feder des Autors. In den Drachen wollte er nicht nur die Ausgeburt einer üppigen Phantasie oder schrankenloser Fabuliersucht erblicken. Sie bedeuten

ihm mehr; sie sind die stets mögliche Ausnahme in einem klassifizierenden System, das – wie das Linnésche – Vollständigkeit vortäuschen möchte. Im *Letzten Abenteuer* wird der Drache folgerichtig als konkretes Lebewesen dargestellt. Am Rande sei vermerkt, daß fast in jedem Roman Doderers ähnlich eigenwillige Spekulationen über Drachen und andere Sonderfälle aus dem Tierreich begegnen wie in dem Essay *Die Wiederkehr der Drachen* (1957; abgedruckt in dem Sammelband mit dem gleichen Titel 1970).
Der Drachenkampf mit dem unheroischen Ende und die Werbung um Lidoine sind keineswegs das thematische Zentrum. Für Ruy, aber auch für Gamuret erfüllen sie nur die Rolle des Umwegs, der in Doderers Weltsicht zur Erreichung des Zieles unabdingbar ist. Erst indem Ruy erkennt, daß sein zweckgebundenes Streben nicht den ihm unterstellten Sinn haben konnte, ist er reif für seine Aufgabe und erreicht die »Menschwerdung«, ein zentraler Terminus für Doderers Romane. Die Erfahrung des Drachenkampfes führt dem Helden vor Augen, daß seine Arbeit Witwen und Waisen, den Bedrängten zu dienen hat. Die erst im Tode erfolgte Menschwerdung verbindet Ruys Lebenslauf mit dem Brandters im *Umweg* und dem des Conrad Castiletz in *Ein Mord den jeder begeht*. Gamuret und Gauvain kehren ins Leben zurück. Der junge Gauvain hat die Liebe der wesentlich älteren Lidoine gewinnen können. Der Marschall macht ihn auf seine Chance aufmerksam und lehrt ihn situationsentsprechendes Verhalten: »Gut zuhören [...] und die Sachen klar ins Auge fassen« (S. 40). Diese Handlungsanweisung zielt auf den für Doderer später entscheidenden Begriff der »Apperception«, der praxisbezogenen Bereitschaft zur sinnlichen Wahrnehmung. Die Weigerung Doderers, sich den im Bürgertum wirksamen Spielregeln zum Erwerb einer Position in der Gesellschaft zu unterwerfen, ist analog dem Rückzug Ruys aus Montefal, der damit den Ritualen und der Wertewelt des sinkenden Ritterstandes Valet sagt.

Ruy sieht seine Aufgabe beim Anblick des violenfarbenen Drachenhorns, freilich nicht deutlich, sondern als Landschaftsvision (S. 36). Was sich zuletzt als konkrete Aufgabe – der Schutz der Bauern vor einer Räuberbande – offenbart, präsentiert sich zunächst aufgelöst als Kette wiederkehrender Farbassoziationen, wobei diesen für sich genommen kein eindeutiger Verweischarakter zukommt. Am Schluß der Erzählung versinkt der Blick des Helden in »ein tief leuchtendes Grün [. . .] auf dem braunen Grund eines letzten Ermattens« (S. 92). Daraus wird klar, daß die Farbimpressionen nicht nur der Stimmungsmalerei dienen, sondern das Schicksal des Helden indirekt mitmeinen: Braun und tiefes Grün sind Ruys »Ernstfarben«. Die leitmotivisch wiederkehrenden Farben haben eine vom Autor kalkulierte kompositorische Funktion, indem sie unverbunden Gedachtes wie Schicksal und Landschaft miteinander verknüpfen. Die Landschaft ist die Bühne dieses Schicksals. Im zweiten und dritten »Satz« ist es die Burg Montefal, ein Ort, an dem die Zeit stillezustehen scheint, im ersten und vierten Satz, in den »Ecksätzen«, der Wald. Dieser vertritt hier die Großstadt, sonst unentbehrlicher Hintergrund der meisten Romane Doderers: das Dickicht des Waldes entspricht dem Dickicht der Städte.

Ohne Zweifel hat *Das letzte Abenteuer* eine Ausnahmestellung unter Doderers Schriften. Doch sind durch die raffinierte, teils sagenartige, teils historisierende Einkleidung hindurch die zentralen Motive und Themen Doderers fast allesamt kenntlich, wodurch der »Ritter-Roman« zu einer vorzüglichen Einführung in die Lektüre dieses in seinen Stärken und Schwächen unverwechselbaren Autors wird.

Wien, Februar 1981 *Wendelin Schmidt-Dengler*

Werke von Heimito von Doderer

Das erzählerische Werk

Neun Leinenbände in Schmuckkassette
1995. 4599 Seiten. Leinen

Tagebücher 1920–1939

Herausgegeben von Wendelin Schmidt-Dengler, Martin Loew-Cadonna und Gerald Sommer
1996. 1367 Seiten. Leinen

Die Dämonen

Nach der Chronik des Sektionsrates Geyrenhoff

39. Tausend. 1995. 1348 Seiten. Leinen

Die Erzählungen

3., erweiterte Auflage. 1995. 512 Seiten. Leinen

Die erleuchteten Fenster oder die Menschwerdung des Amtsrates Julius Zihal

Ein Umweg

Zwei Romane
1995. 304 Seiten. Leinen

Frühe Prosa

Die sibirische Klarheit. Die Bresche.
Jutta Bamberger. Das Geheimnis des Reichs

1995. 504 Seiten. Leinen

Der Grenzwald

Roman
1995. 272 Seiten. Leinen

Die Merowinger oder
Die totale Familie

1995. 368 Seiten. Leinen

Ein Mord, den jeder begeht

33. Tausend. 1995. 384 Seiten. Leinen

Tangenten

Tagebuch eines Schriftstellers 1940–1950

3. Auflage. 1995. 848 Seiten. Leinen

Die Strudlhofstiege oder
Melzer und die Tiefe der Jahre

64. Tausend. 1995. 909 Seiten. Leinen